Les affamés du Royaume

Juliette Démas

Les affamés du Royaume

La crise de la pauvreté en Grande-Bretagne

Stock

Ouvrage publié avec le concours de Léna Mauger

Illustration de couverture : © Georgie www.georgieartist.co.uk
Georgie est une artiste visuelle installée à Bristol.
Maquette de couverture : © Michael Prigent

ISBN : 978-2-234-09498-7

Introduction

Le ferry démarre et reste un instant à quai. Les moteurs agitent le pont d'un tremblement rassurant. Dans les étages inférieurs, une queue s'est déjà formée pour le petit-déjeuner et les accents se mêlent au bruit des couverts – celui nasal des Nord-Irlandais qui trainent les voyelles, les intonations plus douces venues d'Europe de l'Est, et les « r » saillants de Glasgow qui se bousculent à l'avant de la bouche. Les passagers des bateaux qui relient l'Irlande du Nord à l'Écosse pour 40 livres ont les yeux flous à cette heure matinale et se mettent en quête d'une banquette où finir leur nuit. Quelques familles s'aventurent à l'extérieur, agrippées à leurs gobelets de thé, et s'accoudent à la rambarde pour une dernière vue sur le chantier naval éclairé par les premiers rayons du soleil. La condensation forme des flaques dans le creux des chaises. Quand la machine se met enfin en branle, les bourrasques glacées finissent de décourager les plus hardis. Je les suis à l'intérieur. Je quitte Belfast un lundi matin d'août 2022, par le bateau de 7 h 30.

Je m'apprête à m'installer à Londres en tant que correspondante au Royaume-Uni pour *Libération*, après trois ans passés à couvrir les retombées du Brexit en Irlande du Nord. Dans cette nation britannique, les difficultés économiques de la population me semblaient tout droit liées aux trente années de guerre civile, au manque d'opportunités et aux traumatismes qui coloraient l'arrière-plan de chacun de mes reportages. Un état de fait, une ligne de plus à mettre à l'ardoise des Troubles, au même titre que les murs de séparation entre les quartiers catholiques et protestants, les fresques murales portant les noms de groupes paramilitaires et les Land Rover blindées de la police.

En plein confinement, j'ai été surprise de voir que cette précarité s'étendait au reste du Royaume-Uni, lorsque des mères de famille anglaises se sont mises à poster sur les réseaux sociaux le contenu des colis envoyés à leurs enfants pour remplacer la cantine gratuite. J'apprends alors que des dizaines de milliers de petits Britanniques dépendent de l'école pour manger. Le contenu de ces boîtes est en lui-même étonnant : des moitiés de légumes emballées dans de la cellophane, des pommes de terre, trois fruits, une boîte de haricots… Pas de quoi préparer cinq repas corrects.

Interpellée, j'attends qu'une opportunité professionnelle se présente pour envoyer mes valises à Londres. Je remplis ma vieille Toyota de plantes et de CDs, et je révise l'ordre de succession de la famille royale avant de prendre la route. De la Grande-Bretagne, je ne connais que la capitale, pour l'avoir régulièrement visitée en vacances, et Manchester, dans le Nord, où j'ai terminé une licence d'histoire en 2015.

*

La traversée dure à peine plus de deux heures. Bientôt, les côtes écossaises se dessinent dans une lumière dense. Cairnryan est un de ces ports de bout du monde, où une poignée de maisons aux toits d'ardoise a bourgeonné entre le pied des collines et la nationale qui longe la baie. Les passagers émergent en s'étirant et se glissent entre les camions jusqu'à la sortie. Alex, mon compagnon anglais qui rentre au pays après plus de dix ans à l'étranger, tape la destination dans le GPS et m'annonce qu'avec un peu de chance, nous arriverons avant minuit. Sept cent quarante kilomètres nous séparent de Londres.

C'est la première fois que nous traversons ainsi le Royaume-Uni. Il faut d'abord remonter la côte en direction de l'est, sur des routes de campagne bordées de courtes haies, en file derrière les camions et tracteurs. Une fois l'Angleterre en vue, le réseau se densifie. Arrivent les autoroutes à quatre voies, l'interminable diagonale de la M6 et ses panneaux bleu roi qui indiquent « The SOUTH » en capitales blanches. En circulant sur les voies rapides, on oublie que le pays est deux fois plus densément peuplé que la France. Les champs vallonnés et les rangées d'arbres s'étendent de part et d'autre de la glissière et donnent l'impression d'avancer dans un couloir de vide, chevauché de temps à autre par un échangeur tentaculaire.

À mi-chemin, nous effectuons un crochet à Preston pour trouver de quoi déjeuner. Sur la carte, la destination semblait idéale pour une pause. À notre arrivée, nous découvrons une ville-parking tombée en désamour, avec ses bâtiments de pierre humide et ses rues vides. Dans une rue qui pourrait être charmante, seul un café tenu par une famille polonaise sert encore. Autour, les rideaux de fer sont baissés, plusieurs magasins sont à vendre. Les artères principales alignent la même sélection de franchises aseptisées qu'ailleurs, entre bureaux de pari et charity shops où les vêtements d'occasion sont triés par couleur.

Ici et là, quelques graffitis affirment sans enthousiasme que « trop, c'est trop ». Il n'y a guère que la terrasse du Wetherspoons, une chaîne de pubs connue pour ses moquettes bariolées et ses pintes bon marché, pour animer un peu le quartier. Le reste baigne dans la nostalgie diffuse des anciens fleurons industriels en perte de vitesse et dans un vague malaise que je mets sur le compte de la météo, de l'heure et de cette lumière rasante qui me donne mal à la tête. Je n'ai pas dû visiter les bons quartiers. Les rues sont certainement plus animées le soir. Le déménagement est une étape stressante.

En réalité, ce sentiment persistera ville après ville. Même à des kilomètres de Preston, même à Londres, à Birmingham ou à Liverpool, même des semaines plus tard, il ne me quittera pas.

*

Je sors d'une visite d'appartement quand mon téléphone sonne et affiche le message tant redouté : la reine Elizabeth II est « sous surveillance médicale » dans son château écossais de Balmoral. Le temps de courir allumer la BBC, les présentateurs ont déjà revêtu leurs cravates noires et se préparent à annoncer le pire. L'information tombe peu après 18 heures, et je saute aussitôt dans un taxi pour Buckingham, en plein centre de Londres, où les royalistes rassemblés sous la pluie battante entonnent « God Save the King » en séchant leurs larmes. Le déluge ne s'arrêtera que quelques minutes, assez pour dévoiler un double arc-en-ciel au-dessus du palais et ravir les photographes. Les dix jours de deuil national marquent une pause dans l'actualité. Un moment fort de l'histoire britannique que je couvre depuis les canapés d'amis installés un peu partout dans la capitale.

Nous finissons par trouver un logement. Une pièce de moins qu'à Belfast pour le double du prix. C'est un coup de chance. Le propriétaire est un travailleur social qui a acheté l'appartement dans les années 1990 et roule en Audi aux vitres fumées.

Malgré nos documents français et statuts d'indépendants, il a décidé de nous faire confiance – à Londres, la norme est plutôt d'enchérir sur les prix, quand les annonces ne disparaissent pas quelques minutes après leur publication. Nous déballons nos cartons dans une ancienne maison victorienne divisée en trois appartements, avec son jardin rempli d'écureuils, ses fenêtres à guillotine qui pourrissent sur place et sa cheminée qui laisse entrer l'air. Charmant – et terriblement froid.

À la télévision, les députés reprennent le chemin du Parlement, visiblement soulagés d'un certain retour à la normale. Ils ne se doutent pas qu'ils sont partis pour un deuxième choc : la nouvelle Première ministre Liz Truss, élue à l'été pour remplacer Boris Johnson, annonce un programme de réductions d'impôts massives financées par l'emprunt, qui effraie les marchés internationaux. À Liverpool, où j'arrive pour assister au congrès annuel du Parti travailliste (le Labour), les conférenciers paniqués se dépêchent de mettre leurs chiffres à jour en voyant le cours de la livre s'écrouler. Le ministre des Finances est remercié, puis Truss démissionne à son tour, après seulement quarante-neuf jours à son poste. Le Parti conservateur (les Tories) s'empresse de repêcher le candidat malheureux de la course à la succession : Rishi Sunak, un multimillionnaire rigide qui ne convainc ni son parti ni le reste du pays.

À l'automne 2022, je prends mes marques dans un pays troublé. Au coin de ma rue, les postiers font le pied de grue devant leur entrepôt, agitant leurs pancartes pour réclamer de meilleurs salaires. Les transports marchent une fois sur deux, les internes en médecine sont en grève. Certains jours, c'est le pays entier qui semble à l'arrêt. En parallèle, l'inflation atteint des sommets et les prix de l'énergie triplent. Ulcérés de se voir pauvres dans un pays si riche, les Britanniques descendent dans la rue. Ils n'ont qu'un mot à la bouche : « la crise du coût de la vie ».

Celle-ci est omniprésente. Dans le métro qui m'emmène aux briefings pour la presse étrangère, je tombe sur la publicité d'une application de rencontres musulmanes, qui propose de « trouver un habibi avec qui partager ses factures d'énergie ». Mon fournisseur d'électricité et de gaz annonce une distribution de couvertures chauffantes. « C'est absolument dingue », s'étouffe Alex en me transmettant une liste de conseils pour rester au chaud publiée par un de leurs concurrents, qui suggère notamment de « manger du porridge », de « câliner ses animaux de compagnie » et de « sauter sur place ».

Je petit-déjeune devant l'émission matinale de la chaîne ITV, pour voir qu'elle a ajouté une case « on paie vos factures » à sa roue de la fortune – l'expérience ne durera que quelques jours avant de s'attirer les foudres des téléspectateurs pour son mauvais goût, mais le participant du 5 septembre est ravi de remporter ce nouveau prix. Dès que je sors, je tombe sur les flyers de la banque alimentaire accrochés aux portes de la bibliothèque, aux lampadaires et dans la vitrine de l'agence immobilière de mon quartier entre les annonces de T2 à plus d'un demi-million de livres. Dans les informations locales, j'apprends que la police a demandé à ses officiers de « faire preuve de discernement » quant aux vols alimentaires et que les supérettes déplacent le lait pour bébés derrière les caisses. Même constat à la campagne. Les halls des églises sont devenus des garde-mangers de fortune, où les paroissiens entassent des sachets de pâtes premier prix et des légumes du jardin. Une affiche garantissant une livraison de nourriture « en toute discrétion » a fait son chemin sur le tableau des annonces d'un village que je traverse, entre les cours de salsa et le marché d'automne.

En novembre, le dictionnaire Collins déclare que le mot de l'année est « permacrise », un néologisme qui reflète « l'état permanent d'incertitude et d'inquiétude » dans lequel se trouvent les Britanniques en raison d'une succession de difficultés. Sans avoir pu reprendre leur souffle après une série de confinements, ceux-ci se retrouvent confrontés à l'impact conjugué de la pandémie, de la guerre en Ukraine et du Brexit, qui ont mis un coup de projecteur brutal sur les inégalités déjà présentes. Ils s'entendent dire que d'ici la fin de la décennie, la Pologne les aura rattrapés en termes de PIB par habitant et que les Irlandais les plus défavorisés restent 63 % plus riches que les plus pauvres d'entre eux. Dans ce flux continu de mauvaises nouvelles, plus personne n'a l'impression d'être à l'abri.

*

La première fois que j'ai entendu le mot crise, j'avais quatorze ans. Dans la voiture, sur le chemin du collège, la radio a annoncé la faillite de la banque Lehman Brothers. Ma mère a monté le son, préoccupée.

« C'est grave, ce qu'il se passe ? » La dernière fois que j'ai vu des adultes prendre cet air, les tours jumelles de Manhattan venaient de s'effondrer.

— Oui, très. Mais pour l'instant, on ne sait pas vraiment ce qu'il va se passer.

— Ça serait quoi, le pire ?

— Des gens vont perdre leur boulot, leur maison. Il y aura moins d'argent. Ce sera plus dur de trouver un emploi… »

Sur le coup, je crois que ça m'inquiète un peu. En classe de quatrième, les professeurs nous parlent d'intégration professionnelle et d'être stratégiques dans nos choix d'options, même s'il ne s'agit que de musique et de langues mortes. Mais au moment de passer les grilles de la cour pour rejoindre mes amis, j'ai déjà oublié ces histoires lointaines de prêts américains, de banquiers et de subprimes.

Le concept tourne plusieurs mois autour de nous, accompagné de sa nuée de corbeaux – plan de relance, austérité, chômage. Puis il s'intègre dans le paysage, trop abstrait pour des adolescents de la classe moyenne qui ne se préoccupent que de rock et de skate. Il ressurgira de temps à autre pour expliquer une statistique dramatique : la Grèce, le taux d'emploi, les ventes d'antidépresseurs. Pour ma génération, née au milieu des années 1990, il est difficile de se souvenir d'un avant. Si intangible que celle de 2008 ait pu être pour nous, un monde sans crise semble ne jamais avoir existé.

Par contraste, les difficultés du Royaume-Uni en 2022 m'apparaissent douloureusement concrètes. Pour la première fois de ma vie, je n'arrive pas à me chauffer. J'écris dans les cafés, les bibliothèques, ou sur des bureaux partagés que je loue à la journée. J'ai scotché tous les interstices, calfeutré les portes et recouvert les fenêtres de film isolant et de PVC, rien n'y fait : le simple vitrage de mon appartement ne permet pas de dépasser les 17 °C.

Je ne suis pas la seule à avoir froid : le parc de logements du Royaume-Uni est un des pires d'Europe en matière de qualité et d'isolation. Mais si j'ai du mal, en couple et sans enfant, avec un salaire qui s'approche du revenu médian, comment s'en sortent les autres ? La réponse a déjà fait son chemin dans la presse locale. Ici, c'est une grand-mère retrouvée en hypothermie qui décède à l'hôpital. Là, c'est un enfant intoxiqué par la moisissure noire qui rampe sur les murs, se niche jusque sous les sommiers et s'épanouit dans les espaces humides. Pour éviter la catastrophe, le gouvernement se dépêche de créer un réseau de banques de chaleur.

*

La crise s'est peu à peu immiscée dans chacune de mes rencontres. Sur une plage de galets du Kent, dans un village cossu où des cabanes de bois s'alignent face à la mer, une nageuse que j'interroge sur la qualité de l'eau finit par confier qu'elle doit choisir entre s'occuper de son chien, minuscule et frisé, et allumer les radiateurs. Elle travaille pourtant à mi-temps en tant que psychologue à l'université après une longue carrière à Londres. De retour chez moi, une voisine de palier me glisse que « ça devient compliqué » après une semaine de grippe qui l'a forcée à chauffer plus que d'habitude. Malgré le bon salaire de son mari professeur, les dettes s'accumulent sur leurs cartes de crédit. Lorsque le prix de l'emprunt flambe et se répercute sur les loyers, je vois des proches forcés de quitter leur logement en vitesse.

Malgré tous ces indices, j'ai du mal à prendre la mesure du problème. Ni l'Europe ni la France n'ont échappé à la pandémie. Elles aussi sont aux prises avec une inflation qui dérape, alors que leurs banques alimentaires se remplissent et que leurs associations manquent de moyens. Les Restos du Cœur distribuent des nombres record de colis et la précarité énergétique se fait tout autant sentir du côté français de la Manche. Si cette crise touche tous les pays, et qu'elle est bien liée à des facteurs extérieurs, comme le gouvernement de Rishi Sunak s'acharne à le répéter, le Royaume-Uni est-il vraiment à part ? Avec son influence, sa City, sa richesse d'ancien empire, comment peut-il être plus ébranlé que la France, si près qu'on en aperçoit la côte par temps clair depuis Douvres ?

Le libéralisme britannique, tel qu'on se l'imagine, est supposé être porteur d'opportunités, d'une flexibilité de l'emploi et d'un certain laisser-faire. Moins d'impôts, plus de liberté. Moins de sécurité de l'emploi, plus de débouchés. Les chiffres pointent cependant dans une autre direction : un taux de croissance parmi les moins bons du G7 et de l'OCDE, des inégalités de revenus parmi les plus marquées en Europe, et un taux de pauvreté infantile presque deux fois plus élevé qu'en France. Pour autant, les responsables politiques répètent que ceux qui utilisent les banques alimentaires devraient simplement apprendre à cuisiner, quand ils n'y voient pas le signe réconfortant d'une population qui s'entraide.

J'en suis là de mes réflexions lorsque je tombe sur le profil Twitter de Jo, qui travaille pour une association d'aide aux citoyens dans une ville de taille moyenne du nord de l'Angleterre. « Viens passer une semaine dans mon bureau, viens voir par toi-même l'étendue de cette crise dans notre communauté », propose-t-elle un soir par téléphone, après avoir aligné des statistiques à dormir debout, comme une augmentation de 800 % dans les distributions alimentaires d'urgence. Fin janvier 2023, je reprends la route en sens inverse, suivant les panneaux qui indiquent « The NORTH ».

*

En plein hiver, sans les camions de glaces qui distribuent leurs cornets vanille pour 1,50 £, le front de mer de Morecambe est désert, rendu hostile par un froid qui traverse les gants et se moque des chaussures. Indifférents à la majesté de la baie qu'encadrent les collines du Lake District, des goélands se disputent des restes de sandwich sur le parvis de bâtiments grandioses aux façades fatiguées. Ici comme à Preston, on marche entre les ruines d'une époque dorée et chaque ornement qui s'effrite rappelle des jours meilleurs.

Jo m'installe dans son bureau, une pièce aux murs couverts de tapisserie dépareillée. Avec ses trois étages, son escalier étroit et sa décoration vieillotte, le bâtiment ressemble plus à une maison familiale qu'aux locaux d'une association nationale. « Il n'y a pas beaucoup d'argent dans le secteur, on s'installe un peu là où on peut », explique-t-elle en s'asseyant. Par la fenêtre, on aperçoit les vitrines condamnées de la rue voisine : le restaurant chinois, l'épicerie de quartier et l'animalerie qui vient de fermer.

« Ce qui se passe est sans précédent. » L'association fait partie d'un réseau de conseil sur le droit des consommateurs, mais s'est petit à petit transformée en centre d'aide à la survie – un peu comme si l'UFC-Que Choisir était devenue une hot-line pour débloquer des fonds d'urgence. « De plus en plus souvent, les gens qui nous sollicitent se retrouvent dans des situations si critiques qu'on n'a plus aucun conseil à leur donner. On ne peut même pas leur proposer de se passer de leur voiture, de changer de logement ou de chercher un nouvel emploi : il n'y a aucun aménagement possible, car ils n'ont tout simplement plus rien. »

De l'autre côté du couloir, j'entends ses collègues qui distribuent par téléphone des coupons d'énergie et des fonds spéciaux débloqués par la mairie pour réparer une fenêtre, racheter un frigo ou changer un pot d'échappement. Une d'elles, une jeune femme qui disparaît dans son pull, nous rejoint pour quelques minutes. « J'ai au bout du fil des chauffeurs de taxi, des infirmières, des assistantes scolaires... Que des professions qu'on pensait en sécurité et qui travaillent pourtant à plein temps. Or aujourd'hui, ça ne suffit plus, souffle-t-elle. Le problème, c'est qu'on demande aux gens de vivre avec trop peu d'argent. » On devine, sans qu'elle ne le dise vraiment, qu'elle-même s'en sort tout juste, seule avec son fils adolescent.

Toute la semaine, nous allons de banques alimentaires en centres sociaux. Jo me détaille un à un les problèmes de la région. Les hôpitaux sont remplis. Plus aucun dentiste ne prend de nouveaux patients. Les écoles manquent de personnel. Il faut attendre si longtemps pour les opérations de routine qu'une douleur bénigne risque de se transformer en chômage de longue durée, voire en handicap permanent. Les employeurs ne proposent pas de pleins-temps stables, mais des contrats « zéro heure », c'est-à-dire sans minimum garanti de temps de travail ou de revenu. À l'intérieur des maisons victoriennes qui alignent leurs élégantes façades en arc le long de la promenade, on grelotte. « Le contrat social a été brisé, diagnostique Jo une après-midi en se garant en bordure d'un lotissement. Quand je vois des adultes quémander du savon ou une brosse à dents, je me dis que ça illustre bien le mépris que cette société a pour ceux qui sont perçus comme ayant échoué. »

Pièce après pièce se construit le puzzle d'un pays séduit par les sirènes américaines du chacun pour soi, qui a détricoté les filets de sécurité construits au lendemain de la Seconde Guerre mondiale, abandonnant les enfants, les minorités et les plus vulnérables. À Morecambe, l'amertume est telle que même les bonnes nouvelles sont teintées d'inquiétude : lorsque le gouvernement annonce des investissements massifs pour construire un parc touristique sur les ruines de Bubbles, l'ancienne piscine à vagues, on ne fait que s'inquiéter des effets sur le prix des loyers et des Airbnb qui vont s'installer dans les rares studios que les célibataires peuvent encore se payer.

À mon retour à Londres, ma question n'est donc plus de savoir si cette crise est pire qu'en France. C'en est une autre, que je poserai désormais à ceux que je rencontrerai – familles, chômeurs, malades, valides, grévistes, experts, députés ou journalistes : « Comment en est-on arrivés là ? »

Cette interrogation m'emmènera un peu partout.

Dans le Nord, Jo m'emmènera à la rencontre de Diana, qui débarque avec son petit dernier sous le bras un jour de pluie battante et écrit son numéro en grand sur mon carnet, promettant de m'expliquer comment elle entend « briser le cycle » de la pauvreté et des inégalités. Mère au foyer, elle est devenue malgré elle une championne des bonnes affaires à force de déceptions et de licenciements. Son mari et elle ont connu toutes les galères : éducation de mauvaise qualité, contrats sans minimum d'heures, manque de moyens de garde, opportunités limitées…

Vers Gloucester, dans l'ouest de l'Angleterre, l'ambulancier Shane répond à une demande que j'avais envoyée au syndicat de la santé et m'ouvre les portes sur les désillusions de la petite classe moyenne, ainsi que sur l'état préoccupant des services publics. Malgré les revers qui s'accumulent, lui aussi fait preuve d'un enthousiasme étonnant, porté par sa passion du foot et des pubs, à la fois fier de faire partie du système de santé britannique et inquiet de le voir toujours plus fragilisé.

À côté de chez moi, Jane me raconte la grève qu'elle mène avec ses collègues chauffeurs de bus.

Elle se bat pour une revalorisation de leurs salaires, après s'être retrouvée les placards vides et le compte bancaire à sec. Elle fait partie de ces Londoniens qui refusent de se laisser faire, pas tant par principe que par manque de choix, après avoir vu leur niveau de vie reculer au cours de la dernière décennie.

Pour trouver des solutions, je me rendrai en Écosse qui, tout en concentrant certaines des pires statistiques du Royaume-Uni, innove en s'appuyant sur les pouvoirs dévolus à son Parlement par le gouvernement britannique. Dans une banlieue oubliée de Glasgow, Shona, vendeuse et ancienne maître-nageuse, tente d'adoucir pour les autres des difficultés qu'elle ne connaît que trop bien.

Ces personnes, avec qui j'échangerai à intervalles réguliers pendant presque deux ans, ont en commun d'avoir eu des trajectoires traditionnelles. Ils représentent les foyers britanniques dans leur forme la plus classique. Diana, Shane, Jane et Shona (certains prénoms ont été modifiés) sont tous les quatre nés au Royaume-Uni, d'au moins un parent britannique. Ils sont blancs, en capacité de travailler, sont mariés et ont tous des enfants. Ils ont été à l'école, se sont formés, ont travaillé et économisé. Et surtout, ils n'auraient jamais pensé que la question d'avoir à choisir entre se chauffer et manger se poserait un jour pour eux.

*

Ce dont je ne me doute pas, en me lançant dans ces recherches, c'est à quel point ce périple changera la vision que j'ai du Royaume-Uni, un pays dans lequel j'ai pourtant vécu, étudié, et que j'ai en partie couvert depuis Belfast. À l'hiver 2022-2023, le premier que je passe à Londres, je ne m'attends ni à la violence de la crise ni au mépris des dirigeants pour ceux qui en sont victimes. Je suis aussi loin d'imaginer que les difficultés auxquelles sont confrontés les Britanniques étaient évitables, non nécessaires, ni qu'elles sont le résultat d'une série de choix idéologiques désastreux.

Ce récit n'est pas le feuilleton d'une crise qui a précipité la fin de quatorze années de gouvernements conservateurs. Il vise plutôt à comprendre comment cette même crise résulte d'une décennie de détricotage des acquis sociaux par un parti qui a fait de la société britannique un laboratoire d'expérimentation de politiques toujours plus libérales. À un moment de montée des populismes, alors que la France est à son tour tentée de revenir sur certains de ses acquis et que l'austérité est à nouveau un terme à la mode, le Royaume-Uni nous tend un miroir et nous met en garde contre les effets de la nonchalance en politique, de la diabolisation des pauvres et du désengagement de l'État.

Shane

Octobre 2022. Office of National Statistics. Le taux d'inflation atteint 11,1 % sur un an. Un niveau qui n'a pas été observé depuis 1981.

La bicyclette fend la nuit. Huit kilomètres, une demi-heure, et Shane sera chez lui. Son ambulance a tourné jusqu'aux petites heures du matin : un bébé fiévreux, une grand-mère tombée chez elle, un enfant inconscient après un roulé-boulé dans les escaliers. Que des appels de routine. Puis un dernier patient loin de l'hôpital, un cas compliqué qui lui a fait dépasser l'horaire de fin de service. Qu'importe, à ce stade, les heures supplémentaires ne sont plus seulement bienvenues, elles sont nécessaires pour tenir jusqu'à la fin du mois.

Shane a les jambes lourdes d'être resté dans l'ambulance pendant des heures. Chaque coup de pédale réveille ses muscles engourdis. Il fera bientôt trop froid et humide pour se rendre au travail à vélo. Des travaux rendront la route dangereuse, dans une région où il pleut en moyenne 138 jours par an.

Mais en attendant la baisse des températures, toujours brutale au mois de novembre, chaque trajet sans payer compte.

L'électrochoc est arrivé de nulle part, un jour où le voyant essence de sa voiture s'est mis à clignoter et qu'il s'est engagé sans réfléchir dans la station-service pour faire le plein. Une fois garé, le pistolet à la main, il s'est rendu compte qu'il n'avait pas assez sur son compte pour remplir le réservoir. Quelques jours plus tard, le propriétaire frappait à la porte pour prévenir d'une augmentation de loyer. C'est un gars bien, un médecin qui lui fait une ristourne parce qu'ils travaillent dans le même secteur, mais qui se retrouve lui aussi pris au piège des prix qui flambent et des taux d'emprunt qui grimpent. Depuis l'annonce du budget catastrophique de Liz Truss, les taux d'intérêt ont augmenté. Shane a entendu parler de couples qui se retrouvent avec 300 ou 400 livres de plus à rembourser chaque mois – il en serait presque soulagé de ne pas être propriétaire.

Avec ses 30 000 livres de salaire par an, et ce que gagne son épouse en travaillant deux jours par semaine pour son beau-frère, ils sont presque exactement dans la moyenne des revenus des foyers britanniques. Ce n'est plus assez. Shane a donc dit adieu à son modèle essence et familial pour un diesel de taille modeste. Depuis qu'il est adolescent, l'aîné de ses quatre enfants ne part plus en vacances avec eux – ils pourront se débrouiller avec une cinq places. C'est un pincement au cœur, d'autant qu'il aime les belles voitures : quand il travaillait chez Mitsubishi, avant sa reconversion dans la santé, il avait pris l'habitude de payer un supplément pour avoir accès aux derniers véhicules de fonction et ne se déplaçait qu'en grosses cylindrées. Un petit luxe qui lui paraît lointain.

Depuis cette drôle de semaine, la vie est une équation. Un kilo de pâtes, de la viande hachée, des tomates et du fromage pour une plâtrée de bolognaise : 8,50 £ en marques repères. Du pain, du jambon et du cheddar pour les casse-croûte du midi : 4,50 £. Une sortie à la mer et une glace pour les petits : le prix de cinq repas faits maison. Une virée au pub : déraisonnable. Un restaurant : impensable. Ce n'est pas tant qu'il passe son temps à faire les comptes et à éplucher ses reçus qu'une inquiétude généralisée, une petite gêne chaque fois qu'il sort sa carte bancaire. Pour son anniversaire, la semaine prochaine, il a demandé un chauffage d'appoint portable. Il l'installera dans le garage, où son épouse a monté un bureau, pour qu'elle ne souffre pas trop du froid cet hiver. Les autres dépenses sont déjà réduites au minimum. Il ne s'achète plus d'après-rasage, et même son gel douche vient du rayon éco.

*

Shane a immédiatement accepté de me rencontrer, ravi à l'idée que son parcours puisse servir d'exemple pour illustrer la crise. Il se confie facilement, se décrit comme « un râleur », aussi « curieux et fouineur » que « campé sur ses positions ». « Pour faire un tour en ambulance, ça risque par contre d'être compliqué. Depuis la pandémie, les règles sont plus strictes qu'avant, on a du mal faire monter du public avec nous », m'annonce-t-il à regret. Mal des transports oblige, je suis secrètement soulagée.

Quand il ne porte pas l'uniforme vert bouteille des ambulanciers – toujours taillé un peu large, dont la coupe sage et les épaulettes annoncent « service public » plus efficacement qu'aucun badge –, Shane cultive un étonnant look de flic de téléfilm. Moustache, lunettes aviateur et béret qui jure avec son pantalon rouge favori. Nous discuterons de préférence les matins : il a longtemps travaillé de nuit pour économiser sur la garde d'enfants en journée et assure les services d'après-midis depuis qu'ils sont en âge d'aller à l'école. Les week-ends se passent sur le terrain de foot, où il coache les équipes de ses deux fils, en short et jersey noir qu'il pleuve, vente ou neige.

Un de mes premiers reportages en Grande-Bretagne m'avait emmenée sur le parking des urgences de Watford, à une heure au nord-ouest de Londres. Là, un Écossais ultra-enthousiaste m'avait fait visiter le « centre de première nécessité » fraîchement inauguré : un nom pudique pour désigner la banque alimentaire mise en place par l'hôpital pour le personnel médical. « Les gens viennent et se servent, on ne leur pose aucune question », détaillait ce responsable des équipes, montrant les rayons bien garnis avec le panache absurde d'un présentateur de jeu télévisé devant la voiture qu'il s'apprête à faire gagner. Comme si la crise était déjà tellement installée qu'y trouver des solutions, même provisoires et dramatiques, donnait matière à se réjouir. Il m'avait ensuite expliqué que si certains tabous commencent à se lever sur les questions de santé mentale dans la sphère professionnelle, les difficultés financières restent plus difficiles à aborder. Après avoir offert les petits-déjeuners et mis en place des lignes d'écoute et de conseils budgétaires, il s'était résigné à passer à l'aide pratique au moment de la pandémie. Initialement ouverte pour quelques mois, la banque alimentaire a été pérennisée « en dur » au moment où la crise du coût de la vie s'est installée. La demande ne s'est jamais tarie.

En banlieue de Birmingham, une infirmière m'avait fait part du même constat dans l'aile victorienne d'un hôpital vieillissant, cachée entre deux unités flambant neuves. « Certaines de mes collègues vivent dans leur voiture, ou n'arrivent plus à payer leur électricité. Elles ont l'impression qu'elles ne peuvent pas se permettre d'exercer leur profession. » En 2022, une infirmière sur neuf a quitté le métier, en raison notamment des salaires trop bas. Shane confirme : quand il a rejoint le NHS il y a dix-huit ans, c'était une bonne situation. Aujourd'hui, le travail a encore un certain prestige : parfois, quand ils font leur pause dehors, les passants leur paient un café ou les font passer devant au magasin. Leur carte Blue Light, réservée aux services d'urgence, leur donne accès à un tas de réductions. Pourtant, en vivre, et en faire vivre sa famille, est devenu délicat.

*

Plus que deux kilomètres. Ses doigts et ses joues protestent dans le froid. Au travail aussi, une banque alimentaire a ouvert, après la disparition de déjeuners dans le frigo des équipes – des vols, ils l'ont vite compris, commis par nécessité plus que par malice. Une grande caisse a été installée dans une salle à part. Shane y a déjà déposé des paquets de chips, pour donner un coup de main, et pourrait aller se servir discrètement quand il ne reste plus de quoi faire un sandwich à la maison. Mais il aurait trop honte. Il préfère avoir faim.

Un kilomètre de plus, et il sera chez lui. Vu le temps, il aurait bien craqué et pris la voiture si ce matin celle-ci n'avait pas refusé de démarrer.

Jane

Novembre 2022. BBC. « Factures d'énergie : "On réduit notre consommation, mais on paie trois fois cher plus que l'année dernière." »

Le réveil sonne au milieu de la nuit. Jane l'éteint, s'extirpe du lit et enfile plusieurs couches de vêtements. Elle ajoute son plus gros manteau, son bonnet et ses mitaines, vérifie qu'elle a pris son téléphone et descend chercher la voiture. Un mélange de fatigue et d'exaltation la fait frissonner. Aujourd'hui, c'est le premier jour de grève.

Les lumières de Londres défilent alors qu'elle roule vers l'ouest. Des pavillons de briques avec des décorations de Noël, quelques hypermarchés, la pointe aiguisée du Shard qui trône sur la Tamise. Le trajet est court. Dans les rues vides, seuls patrouillent les noctiliens, sentinelles imperturbables aux embardées des taxis qui luisent comme de gros scarabées noirs dans l'obscurité. Jane se gare à côté du dépôt en scrutant la pénombre, impatiente d'y voir d'autres phares. Après tout, les chauffeurs de sa branche ont voté à 98 % pour le mouvement syndical. Ils veulent se battre. Quand elle arrive sur le parking, déterminée à bloquer la sortie des premiers bus du matin, ses pas sont pourtant les seuls à résonner sur le bitume.

Depuis quelques mois, tous les secteurs sont en grève. La faute aux salaires trop bas et aux prix trop hauts : même chez Lidl, on ne s'en sort plus pour moins de 50 livres de courses par semaine. Jane suit les manifestations aux informations. Des dizaines de milliers de citoyens menacent de ne pas payer leurs factures d'énergie dans un grand mouvement de protestation. Ils sont un demi-million rien qu'à Londres lors de la plus grande manifestation en une décennie. Les assistantes scolaires racontent que leurs écoles « manquent de papier, de colle et de mouchoirs pour les enfants ». À leurs côtés, le personnel universitaire, les fonctionnaires et les cheminots agitent ensemble leurs pancartes « Conservateurs, dehors ! », « Faisons-les payer », ou « Des salaires justes pour tous ». Les grévistes ont le soutien du public, mais pas celui d'un certain type de presse, qui les présente comme d'irresponsables empêcheurs de tourner en rond et qualifient leurs demandes d'« extrêmes ». Il est vrai que les infirmières, qui n'avaient pas fait grève depuis un siècle, réclament jusqu'à 19 % d'augmentation. En effet, leurs salaires réels ont diminué de 8 à 10 % depuis 2010, et le pouvoir d'achat n'a pas rattrapé son niveau d'avant la pandémie, en route pour sa plus forte baisse en presque soixante-dix ans.

Petit à petit, Jane a senti l'étau se resserrer sur elle aussi. Ses collègues chauffeurs ont cessé de prendre leurs jours de récup. Un des gars de l'équipe, un ancien, s'est mis à travailler par tranches de dix jours pour pouvoir nourrir sa famille. Cet été, quand son mari, Michael, s'est retrouvé à l'hôpital après un accident cardiaque, ils ont dû se passer de son salaire, le plus haut de la maisonnée – presque 2 000 livres net dans les bons mois. Jane n'a eu d'autre choix que de remplir un dossier d'adhésion à la banque alimentaire.

*

J'ai trouvé le nom de Jane sur la brochure d'une manifestation pour les droits des travailleurs, à l'entrée d'un parking aérien reconverti en galerie d'art typiquement londonien. Elle habite à deux pas de chez moi. Quand nous nous retrouvons en terrasse d'un café, un samedi matin, je suis surprise de la voir arriver avec son mari, Michael. Ancien soldat, il travaille encore à décharger des colis au Royal Mail, à plus de soixante-sept ans – « Ça me fait garder la ligne », rit-il en tapant sur le ventre qui tend son t-shirt. C'est un homme au regard doux, rasé de près, dont les boucles d'oreilles, les bottes montantes et les jeans délavés font deviner un penchant pour la musique. Je me demande d'abord s'il est venu vérifier ce que me racontait Jane, mais elle semble très à l'aise, enchaînant les cigarettes qu'elle pioche dans un étui en silicone rose. Elle sort régulièrement son téléphone pliable pour me montrer des photos de la grève, de son dernier camp scout, de son fils pompier qui a mon âge ou de sa fille, plus jeune, qui travaille à mi-temps dans une supérette et vit encore avec eux.

Jusque-là, elle adorait son métier et être aux manettes des bus. Elle les appelle « le sang de Londres », ces engins à impériale rouge KitKat sans lesquels on n'irait nulle part. « C'est la seule manière de traverser toute la ville pour 1,65 £ », me rappelle-t-elle à la moindre occasion. Elle ne court jamais pour les attraper, « car il y en aura toujours un cinq minutes plus tard », et connaît le tracé de lignes depuis longtemps disparues. Son enthousiasme commence toutefois à se tarir. Son employeur, une compagnie néerlandaise qui distribue de généreux dividendes à ses actionnaires, la paie trois livres de moins par heure que la concurrence. Jane a l'habitude de composer avec des boulots physiques et des horaires difficiles. « Sauf que là ce n'est plus possible, surtout quand on voit que le nouveau Premier ministre vient de se faire construire une piscine chauffée à 250 000 livres », commente-t-elle. Alors qu'on sait qu'au même moment, les piscines publiques du pays réduisent leur amplitude horaire faute de pouvoir payer leurs factures.

*

Dans le hangar, un ouvrier se faufile et met le contact ; le bus s'allume et vrombit. Jane se campe devant la bête à deux étages pour l'empêcher d'avancer. « Désolée, ma belle, je ne peux pas, vraiment », s'excuse son collègue depuis le siège conducteur. C'est une rengaine qu'elle réentendra souvent dans la bouche de ceux qui voudraient manifester mais craignent de risquer le peu qu'ils ont. Elle comprend, se résigne à le laisser passer. Il s'éloigne en lui faisant un signe de la main.

On reparle d'hiver du mécontentement, comme en 1978, lorsque Margaret Thatcher était cheffe de l'opposition. En fermant les yeux, Jane s'y croirait à nouveau. Elle n'avait pas tout à fait quinze ans. Sa mère travaillait dans une usine de vinyles, son père était chez Colgate – c'était un an avant qu'il ne s'écroule un matin, mort, devant la chaîne de production. En 1978 donc, quand les places publiques débordaient de sacs d'ordures, que des températures de - 16 °C étaient enregistrées à Burton-upon-Trent et que la neige était tombée à vingt-sept reprises sur Londres. À la radio, des voix grésillantes parlaient de brouillard givrant, de trains bloqués sur les voies et de villages isolés dans le blizzard. Des mouvements sociaux spectaculaires s'étaient organisés pour protester contre le plafonnement de l'augmentation des salaires que le gouvernement travailliste dirigé par James Callaghan voulait imposer pour lutter contre l'inflation. L'hiver est marqué par des pannes d'électricité et par une vague d'épouvante lorsque les fossoyeurs de Liverpool menacent de se joindre à la grève. À la maison, Jane dîne à la lumière de la bougie et joue aux jeux de société le soir. Sa mère l'envoie faire la queue à la boulangerie aux aurores pour être certaine d'avoir du pain. L'aventure est formidable. Elle s'achève en fiasco politique, laissant le champ libre à Margaret Thatcher pour remporter les élections suivantes et casser les syndicats. C'est la fin d'une époque. Les idéaux d'après-guerre s'essoufflent, mis à mal par un mélange de récession et d'inflation. Les États-Unis élisent Ronald Reagan. L'heure est à la privatisation, à la réduction de l'État, à la dérégulation et à l'économie de ruissellement.

Quarante-trois ans plus tard, c'est à son tour de se battre. Jane tourne en rond dans la nuit, le cœur au bord des lèvres. Elle se demande si la mobilisation prendra. Ce qu'elle risque. Ce qu'elle fera si rien ne change et combien de temps tout cela prendra. Les minutes passent, interminables. Elle est toujours seule, minuscule face aux bus qui la toisent. Les larmes aux yeux, elle s'allume une cigarette et inspire une bouffée tremblante. Elle pense à Mick Lynch, l'imperturbable porte-parole du syndicat des transports, qui met un point d'honneur à se rendre aux négociations officielles en métro. C'est un travailliste à l'ancienne, un socialiste qui répond à toutes les interviews d'un ton égal et tourne en ridicule les journalistes qui s'étranglent de le voir menacer de faire grève à Noël. Il promet de « rendre à la classe ouvrière ses lettres de noblesse », et Jane le croit. Elle a rencontré Lynch à Londres, une fois, lors de la diffusion d'un documentaire auquel elle avait participé. L'équipe l'avait invitée à découvrir le film en avant-première dans un des complexes brutalistes qui bordent la rive sud de la Tamise. Elle l'a reconnu de loin, à sa petite taille et à son crâne chauve, sans oser lui parler, intimidée et un peu gênée à l'idée de se voir à l'écran dans une pièce remplie d'inconnus. Après la projection, il s'est tourné vers elle, radieux, et l'a félicitée pour son travail.

Sa cigarette va s'éteindre. Le froid traverse les vêtements. La nuit semble hostile. Enfin, ils arrivent, formant un petit groupe armé de bannières et de thermos de thé : « C'est bon, Jane, on est là ! » Elle expire un nuage de fumée ; la lutte peut commencer.

Diana

Novembre 2022. Le géant des surgelés discount Iceland annonce que le prix de la pinte de lait pourrait passer de 0,89 £ à 1 £ dans l'hiver.

« RDV à 21 heures sur le parking du grand Sainbury's. » Diana m'avait prévenue : elle fait ses courses « aux heures antisociales ». Nous échangeons depuis déjà plusieurs semaines lorsqu'elle propose de me montrer comment elle se débrouille pour nourrir sa famille. Ils sont dix – Paul, elle et leurs huit enfants – et vivent sur un seul salaire, modeste, d'informaticien. Quand j'arrive au lieu de rendez-vous, elle est en train de repêcher des sacs du fond du coffre de sa voiture.

Paul est resté à la maison pour superviser le coucher des enfants pendant que nous faisons la tournée des promotions. Diana connaît le moment exact auquel les employés de chaque magasin de la ville passent dans les rayons avec leur pistolet étiqueteur, bradant pour quelques centimes tous les sachets sur le point de périmer. Elle repère ceux qui, comme elle, font la fermeture et arpentent les rayons l'air de rien, comme s'ils étaient là pour autre chose, et avancent avec prudence, à pas mesurés, pour s'assurer qu'un autre ne leur dérobe pas leur prochain dîner.

Dans les bacs de frais, Diana sauve deux barquettes de champignons, du raisin et des tranches de melon prédécoupé qui commencent à rendre de l'eau. En tête de gondole, des petits pains ronds tiendront encore jusqu'au week-end. Elle passe devant les promotions habituelles, les « deux pour le prix d'un », les offres du mois et les réductions pour détenteurs de la carte fidélité sans s'arrêter – à force, elle sait où trouver plus avantageux. « Il y a mille raisons pour lesquelles on peut se retrouver sans emploi, à remplir son frigo de dates courtes : les traumatismes, les agressions, des difficultés de santé physique ou mentale, le manque d'opportunités, explique-t-elle en se dirigeant vers les surgelés. Les gens jugent sans savoir. »

Elle empile le tout dans son panier, sans se cacher, comme imperméable à la honte. Je m'étonne de son manque de gêne. Tandis que les autres baissent les yeux dès qu'ils passent devant les chefs de rayon, Diana leur tend carrément les produits pour qu'ils collent dessus les marqueurs jaunes à dix pence – dernière étape avant la poubelle. « La fierté ne paie pas le loyer, répète-t-elle. Quand je sors du magasin avec trois jours de courses pour moins de deux livres, j'ai gagné. » Chaque économie est une rébellion dans la guerre qu'elle mène au système qui lui renvoie une image de profiteuse et l'accuse de vivre à ses crochets. Demain et après-demain, elle complétera son panier chez la concurrence et dans les banques alimentaires, avant de recommencer le cycle. En attendant, elle refuse que je paie, règle la somme en pièces jaunes et propose de me montrer un de ses endroits préférés.

*

Si on traçait, sur une carte de l'Angleterre, une diagonale depuis Douvres en passant par Londres, on arriverait ici, juste à côté de Lancaster, dans cette lucarne nord-ouest que vient lécher la mer d'Irlande. Pour atteindre cette petite crique, Diana a contourné les parcs de caravanes qui se disputent la meilleure vue et roulé longtemps entre les champs. Elle s'est garée à l'abri d'un mur de pierres sèches, entre deux buissons d'aubépines rabattus en arrière par le vent.

Nous descendons sur la plage, fouettées par l'air du large, chargé de sel et d'humidité. La marée descendante a imprimé la forme des vagues dans le sable boueux, dessinant une constellation de coques blanches qui craquent sous nos pas. Lancaster est une périphérie, le bout de la ligne de train, où débarquent les amochés de la vie attirés par les petits loyers et les souvenirs d'été d'enfance, de temps plus heureux sur les plages de la région.

« Les gens s'installent dans le coin pour échapper à quelque chose. C'est à cause de ce genre de paysages qu'ils restent », dit-elle alors que le coucher du soleil pare le ciel de teintes de rose. Elle-même a tenté d'échapper à la stigmatisation, au manque d'opportunités, à l'étroitesse d'esprit de sa région natale, et peut-être un peu à sa famille.

Elle semble inébranlable, grande et forte, avec ses cheveux bruns et ses joues pleines, ses gestes assurés qui montrent qu'elle en a vu bien d'autres. Je suis frappée par sa confiance en elle. Après des années de dévalorisation et de caricature médiatique, ceux que je rencontre pour discuter de la crise sont souvent plus hésitants, moins optimistes. « À force de se voir décrits comme des incapables, les gens finissent par y croire, ce qui a des conséquences dévastatrices sur leur estime d'eux-mêmes », m'avait expliqué Jo. Diana n'en a rien à faire. Elle m'envoie des dizaines d'articles et de rapports à lire, et choisit un fond d'écran différent pour chacune de nos conversations virtuelles, en fonction de son humeur du moment.

Elle a transformé la survie en jeu et ne parle que d'avenir : de se remettre à niveau en matières scientifiques et en algèbre, pour pouvoir se former à la comptabilité. « À force de jongler avec les chiffres, je me suis rendu compte que j'aimais ça ! » sourit-elle. Pour ses enfants, au moins, elle peut se battre, même si les faire grandir dans un pays en crise nécessite une stratégie individuelle de chaque instant. Quand nous repartons par la rocade, Diana allume la radio. Aux informations, des députés expliquent qu'il faudra travailler davantage pour pouvoir se chauffer cet hiver. Le chef adjoint du Parti conservateur, Lee Anderson, affirme qu'il est possible de préparer des repas pour à peine 30 pence et critique une sucession de « générations qui ne savent pas cuisiner correctement ». Lui reçoit plus de 91 000 livres par an, sans compter les avantages liés à sa fonction. Diana ne leur prête pas attention et s'engage dans l'artère passante de son coin de banlieue éclairée par les enseignes d'échoppes de poisson frit, des supérettes et des agences immobilières. Dans la nuit, les rues alignent leurs rangées de logements mitoyens identiques, avec leurs cheminées condamnées et leurs porches débordant de rosiers – au Royaume-Uni, l'étiquette veut que les jardins à l'avant des maisons soient cultivés pour le plaisir des passants. Ce soir, elle révisera jusqu'à tard : son examen de mathématiques est prévu pour la semaine et cette fois, elle est enfin prête à repasser son brevet.

Shona

Décembre 2022. The Guardian. *« Je vis dans mon lit, comme les grands-parents dans* Charlie et la chocolaterie. »

Shona emballe une dernière paire de chaussures, imprime le reçu et tend le sac à la cliente avec un sourire qui masque mal son trouble. « Et voilà pour vous ! » Elle compte la caisse et commence à rassembler ses affaires.

« J'espère que tu vas te faire un peu plaisir avec ta prime de départ », lance son chef en lui tendant son solde de tout compte. Avec l'inflation, les clients font des économies là où ils le peuvent et usent leurs semelles jusqu'à la corde. La boutique n'est plus rentable, la fermeture s'annonce définitive.

Shona glisse l'équivalent de six semaines de salaire dans son portefeuille. Elle ne touchera pas un penny de plus. « Ça va tout juste me permettre de faire tourner la maison en attendant de trouver autre chose. » Une collègue s'approche, inquiète.

« Ça va aller, pour Noël ?

— Celui-là, oui, j'ai mis assez de côté. C'est le prochain qui sera compliqué. »

Ses baskets couinent sur le sol de la galerie marchande. À travers les hautes verrières du plafond, on aperçoit les nuages qui laissent présager l'averse. Shona réajuste une mèche blonde dans son chignon. Ses racines brunes ont déjà repoussé, mais elle attendra janvier pour refaire sa couleur. Avant les fêtes, chaque dépense compte. Elle presse le pas vers la sortie, la main serrée sur la lanière de son sac. Il va falloir être stratégique. Toute sa famille dépend de son salaire.

*

C'est Heather, la directrice d'un centre social de la banlieue de Glasgow, qui nous a mises en contact. J'y étais passée plus tôt dans la semaine, dans une journée de pleine effervescence, pour tomber sur cette Écossaise, bonnet de père Noël sur la tête, en plein tirage de loterie retransmis en direct sur Facebook. Les prix répartis, Heather avait conclu : « Une dernière chose : si vous avez froid, envoyez-nous un message. Nous avons préparé des colis avec des bouillottes et des couvertures. N'attendez pas, on est là pour vous aider – je vous le répète, ce n'est pas normal d'avoir froid ou faim à cette période de l'année. » Son énergie est alors si rassurante que j'en aurais presque envie de me sentir concernée, rien que pour pouvoir l'appeler.

« Plus jeune, si je m'étais retrouvée en difficulté, ma mère m'aurait prêté de l'argent sans rien me demander. On essaie de faire la même chose pour les gens d'ici, explique-t-elle. Nous sommes six salariés et des bénévoles, pour quatorze mille personnes à aider. J'ai installé le premier frigo communautaire du quartier il y a quelques années, mais vu la demande, on a dû agrandir le projet. » Une épicerie solidaire est née à l'arrière du bâtiment qu'ils ont pris soin de décorer « comme un magasin ».

L'équipe rentre du fast-food voisin avec leurs casse-croûtes du midi. « Il y a une asso qui distribue de la nourriture gratuitement dans le centre », prévient une jeune femme. La nouvelle agace Heather. « C'est justement ce qu'on cherche à éviter. Rendre les gens dépendants, leur éviter d'avoir à gérer leur budget. Nous, on prend le temps de s'asseoir avec eux, de voir quels sont leurs besoins et quels sont les problèmes. Si on donne à manger sans rien vérifier, on n'aide pas sur le long terme. » Dans une forte odeur de frites, un débat se lance sur la meilleure manière de fournir l'aide, vite interrompu par l'arrivée d'un des bénévoles, paniqué. « La porte du local vient de se décrocher ! »

Heather baisse la voix quand elle raconte que récemment, un retraité du quartier a été retrouvé mort chez lui. Le certificat de décès indique « malnutrition », mais personne n'ose trop en parler, par honte, et parce que tout le monde se sent un peu responsable. « J'envoie mes équipes porter des colis d'aide alimentaire avec la boule au ventre, en me demandant à quel moment ils vont tomber sur un cadavre », confie-t-elle, au bord des larmes. Même le dealer du coin s'est mis à déposer des sacs de nourriture à ses clients.

*

Ce samedi, Heather passe me récupérer car aucun train ne s'est arrêté à ma gare du sud de Glasgow. Au volant de sa voiture bleu électrique, elle dicte des messages à son téléphone qui refuse de comprendre son accent, et se perd en essayant de suivre le GPS. « J'ai appris à conduire sur l'île de Skye. Pour te dire : on a globalement une route qui fait le tour, alors le périphérique… » Elle fait une embardée quand un bus lui coupe la priorité : « Oh toi, tu vas marcher pieds nus sur des Lego, je te jure ! »

Une fois au centre, elle soupire lorsque le chauffage d'appoint qu'elle vient de brancher ne fonctionne pas, et part mettre de l'ordre dans la cuisine. Shona, qui nous a rejointes, hausse les épaules, apparemment indifférente à l'atmosphère glaciale du local. « Il fait toujours moins froid ici que chez moi ! » Elle n'a pas hésité à se déplacer tôt un jour de week-end. Un peu réservée, elle n'est au premier abord pas la candidate habituelle de ce genre d'interviews. Je comprends qu'elle est ici par loyauté envers ce centre qui lui « a sauvé la vie ». C'est aussi sa manière de protester : elle n'est pas de ceux qui iront manifester et faire grève, mais elle est prête à témoigner.

Très droite sous son manteau, elle secoue la tête, désemparée. « Glasgow n'est plus une ville fière. Quand j'étais enfant, on n'aurait jamais vu ça.

— Jamais vu quoi ?

— Tous ces gens à la rue ou qui n'arrivent pas à vivre avec ce qu'ils ont. J'ai recroisé une ancienne de ma troupe de danse il y a quelques semaines, elle faisait la manche. »

Elle n'est pas certaine qu'elle soit toujours en vie.

*

Glasgow a longtemps été la deuxième ville de l'Empire britannique. Elle reste le centre économique de l'Écosse et sa région la plus peuplée. Sa richesse passée transparaît dans ses bâtiments néo-classiques et victoriens, qui servent souvent à doubler des scènes d'un Manhattan du siècle dernier pour Hollywood. Son métro a été l'un des premiers d'Europe. En périphérie du centre, les anciens entrepôts de l'époque révolue du commerce du textile et du tabac attendent un deuxième souffle, et les vestiges des chantiers navals de l'embouchure du fleuve Clyde ne sont pas plus fringants. Aujourd'hui, Glasgow double Gotham City sur grand écran, la ville qui a donné naissance à Batman, sombre et pluvieuse, dangereuse et inquiétante, ses façades passées au filtre bleu et noir comme pour en souligner les cassures.

La désindustrialisation a traumatisé la population. Les jeunes et les diplômés sont partis s'installer dans les villes nouvelles des alentours. Glasgow est devenue la capitale du suicide, des overdoses et des nids-de-poule, durablement associée à la violence et au manque d'investissements. On parle de « baiser de Glasgow » pour un coup de boule et de « sourire de Glasgow » pour une balafre en grimace du Joker. Le régime local n'est supposé être que Mars frit et alcool de vin caféiné. On y meurt plus jeune qu'ailleurs – un phénomène localement appelé le « Glasgow effect », comme pour renforcer un sentiment ancré d'inévitabilité.

David Walsh, chercheur auprès du Glasgow Center for Population Health, tente d'ailleurs d'alerter sur les anomalies révélées par les chiffres de l'organisme de santé publique : l'espérance de vie, qui augmentait sans discontinuer en Écosse depuis les années 1950, s'est mise à stagner.

Je l'appelle pour l'interroger. Faut-il y voir les effets de la pandémie de Covid, qui a causé près de 230 000 morts (contre environ 162 000 en France pour la même population) ? « Absolument pas », assure-t-il. Cette stagnation remonte au tournant des années 2010. Ce n'est pas non plus une question de population déjà âgée qui aurait atteint une limite naturelle, ni même la conséquence d'hivers difficiles. Ce phénomène s'observe chez tous les Écossais, sans distinction de classe, de genre ou d'âge. Et dans les quartiers les plus pauvres, souligne-t-il, l'espérance de vie est même en recul. Un constat qui se reproduit, de manière plus ou moins marquée, à l'échelle de tout le Royaume-Uni. « Or, ça ne devrait *jamais*, et j'insiste sur le jamais, être le cas dans un pays développé. »

*

Sur son portable, Shona fait défiler les applications sur lesquelles elle verse, un an à l'avance, de quoi préparer le Noël des enfants. Pour chaque somme déposée, elle débloque des extras et des réductions en fin d'année. Le reste de ses dépenses est millimétré : lessives en heures creuses une fois les enfants couchés, deux heures de chauffage par jour maximum, courses à la supérette sociale. « Pour être honnête, qu'on travaille ou pas, on est tous dans le même bateau. Une fois que j'ai payé l'eau, l'électricité, le gaz, la nourriture et les transports, il me reste une quinzaine de livres par semaine. » Et pour travailler plus, il faudrait encore qu'il y ait des emplois.

Avant, tout fonctionnait bon gré mal gré. Shona a abandonné la danse quand elle a rencontré Andrew, un jeune sniper de l'armée britannique, un jour qu'elle était sur le point de partir faire l'animation sur les ferries. Le contrat était signé, mais le coup de foudre l'a emporté. Lui a quitté l'armée quand elle lui a posé un ultimatum : l'Afghanistan, ou elle et les enfants. Devenue maître-nageuse, elle a assisté aux premières longueurs de tous les enfants du quartier. Au travail, elle n'était ni bien traitée ni bien payée : le jour où elle a accouché de sa deuxième fille, elle a dû déposer bébé et biberon chez sa belle-famille, puis réenfiler son maillot de bain faute de congé maternité rémunéré. Sa sage-femme l'a rattrapée au bord du bassin pour la renvoyer chez elle.

Shona s'assombrit. Elle choisit ses mots avec soin, dans un mélange de timidité et de précision. « Le jour où tout a basculé, c'était en 2011. » Une série d'AVC lui fait perdre sa vision périphérique, et son monde s'écroule. Il lui a fallu rendre son permis, se séparer de sa voiture et entamer une longue convalescence. Andrew est tombé malade à son tour – un cancer –, et son traitement lui a déclenché une démence précoce. « La dernière fois que je l'ai envoyé faire les courses, il a oublié les sacs dans le bus. » Elle ne s'appesantit pas sur le sujet, mais laisse entendre que depuis, sans véhicule et seule pour tout gérer, le moindre imprévu devient un obstacle. La fin de son contrat de vendeuse est un nouvel écueil dont elle se serait bien passée.

Midi approche, Heather fourre trois décorations et une bouteille de mousseux entre les mains de Shona – des restes d'une fête de Noël – et propose de nous redéposer. En ralentissant devant une rangée de maisons lugubres, qui semblent étonnamment petites, écrasées par la largeur des allées bitumées et les plans horizontaux des terrains vagues alentours, elle grimace. « C'est ici que la ville vous a logés ? Je pensais qu'on avait réussi à faire sortir à peu près tout le monde de ce lotissement.

— Plus pour longtemps, la rassure Shona. Ils nous ont dit peu après notre arrivée qu'ils allaient tout détruire et tout reconstruire. C'est prévu pour l'année prochaine. Ça va encore nous coûter cher en déménagement... Si j'avais su, je n'aurais pas investi dans des meubles. »

Avant d'entrer chez elle, Shona accepte qu'on se recontacte à intervalles réguliers pour me donner des nouvelles de sa recherche d'emploi.

Je reste à Glasgow une semaine supplémentaire, logée dans le salon d'un couple d'amis baristas qui travaillent dans les nouveaux cafés branchés du Southside, le sud de la ville. L'appartement qu'ils louent est un ancien *tenement*, ces immeubles de travailleurs en grès blond, tous identiques, dont les fenêtres en avancée donnent aux rues l'air d'onduler au moindre rayon de soleil. À l'intérieur, la moquette est la seule source d'isolation. Nous plaçons nos vêtements à tour de rôle sur les radiateurs pour les faire sécher et empilons les plaids et couvertures la nuit. Dehors, les rues brillent d'une couche de givre trop épaisse pour fondre, et nous patinons chaque soir en coupant à travers le parc qui nous ramène chez eux.

Dans le centre, des files se forment pour attendre des bus qui ne passent pas. Au coin des trottoirs, les lampadaires prêtent aux flaques de glace boueuse une solidité trompeuse – plus d'un passant pressé s'y enfonce jusqu'à la cheville et repart en pestant, la chaussure remplie d'eau. Je me rends à Castlemilk, une des « Big Four », ces quatre cités élevées à la va-vite au tournant des années 1960 pour désengorger les taudis du centre. Un groupe de femmes engagées contre la pauvreté m'a donné rendez-vous « devant le McDonald's, le seul endroit où se retrouver à l'intérieur dans les parages ». Le M jaune se fait discret, au pied des trois hautes tours d'habitation qui se découpent, écrasantes, dans la grisaille.

Ici, il n'y a pas grand-chose d'autre à faire que se promener au Braes, une galerie commerciale qui ressemble à une rue passante éclairée au néon, sur laquelle on aurait déposé un toit en zinc. À l'arrière, les canalisations ont gelé et explosé, inondant une aile entière du bâtiment. Mes guides se souviennent d'une époque où elles pouvaient venir y passer la journée en famille et ne pas s'ennuyer une seconde. Elles n'y vont plus : « C'est trop déprimant. » En effet, peu de commerces sont restés ouverts à part une chaîne de produits discount, un supermarché spécialisé dans les surgelés à bas prix, quelques vendeurs de cartes et une chaîne de boulangerie connue pour ses feuilletés à la saucisse. Le bureau de poste a été déplacé ; le centre médical a fermé. « Il n'y a pas un magasin où acheter des légumes frais. En revanche, on ne manque pas de pompes funèbres et de bureaux de paris sportifs », ironisent-elles. Le sentiment d'abandon est prononcé. « Ici, tout le monde a du mal avec sa santé mentale. On a eu trois suicides de femmes en trois ans. » Vu cet environnement, difficile de s'en étonner. Alors que je patiente sous l'abribus pour rentrer, un homme titube jusqu'au banc voisin, vomit et repart dans ses vapeurs d'alcool.

*

Darren McGarvey m'a donné rendez-vous au café de la gare centrale, en surplomb d'un hall où clignotent en orange les annulations de train. Je le reconnais à ses cheveux coupés très court. Réchauffé, il porte une large polaire bariolée en guise de manteau d'hiver. Auteur et rappeur sous le pseudonyme Loki, McGarvey est devenu une des voix majeures de la pauvreté britannique avec son premier livre, *Fauchés*. Il a grandi dans une famille brisée de Pollok (une autre des « Big Four ») où l'activisme, les addictions, la pauvreté et le manque d'opportunités ont forgé son regard critique sur les systèmes qui enferment les individus dans la précarité. C'est surtout la définition qu'il donne de la pauvreté qui a retenu mon attention : il ne la résume pas à des chiffres, mais l'explique en termes de stress.

« Pour moi, la pauvreté réside dans la manière dont une personne doit lutter pour satisfaire ses besoins fondamentaux, explique-t-il en prenant soin de gommer son accent et de ralentir son débit. Plus cette lutte est difficile, plus la personne est pauvre. Et plus elle est pauvre, plus il lui est difficile de faire face à l'anxiété, à la malnutrition, à la maladie et à la bataille qu'il faut mener avec les services publics et les institutions. » La pauvreté apparaît donc lorsqu'il devient compliqué et coûteux (en temps, en ressources, en énergie) de manger, d'être en sécurité, de se protéger du froid et de la chaleur, d'avoir accès à un téléphone et à Internet, ou de pouvoir se déplacer. Pour les enfants qui grandissent dans ces conditions, ajoute Darren McGarvey, ce stress peut devenir toxique et avoir des effets néfastes sur le développement cognitif et le système immunitaire d'une personne, la poussant à rester dans un état constant d'hypervigilance qui aura des répercussions négatives sur sa vie d'adulte.

« Les associations ne s'occupent généralement que d'une facette du problème : elles se concentrent sur la pauvreté alimentaire, la pauvreté énergétique, ou encore les aides sociales. Or, tous ces aspects se superposent. » Sa remarque me rappelle la première fois que j'ai prononcé le terme « pauvreté alimentaire » devant une travailleuse sociale de Londres : celle-ci m'avait ri au nez. « C'est de la pauvreté tout court. Ça n'a rien à voir avec la nourriture. Quand on n'a pas à manger, c'est qu'on a déjà arrêté d'acheter du savon et de la lessive ! » avait-elle corrigé.

Pour Darren McGarvey, le problème est mal compris des deux côtés du spectre politique. La gauche refuse de reconnaître la moindre part de responsabilité individuelle et ne blâme que le système, quand la droite s'empresse de faire porter l'intégralité de la faute aux individus, voyant dans chacune de leurs difficultés un échec personnel et moral. « Bien souvent, le stress finit par devenir chronique et les gens se tournent vers la société pour le soulager. Et qu'est-ce qu'on leur offre ? De l'alcool, des drogues et des paris, ce qui ne fait qu'empirer le problème. » On pourrait ajouter la malbouffe, et le tableau serait complet : mes guides de Castlemilk ne l'auraient pas dit autrement. Aux yeux de McGarvey, l'origine du problème est claire. Elle remonte à une date, 2010, et à un concept : l'austérité.

Jane

2010. The Guardian. *« De la douleur maintenant, et encore de la douleur à venir dans le plan d'austérité. »*

La grève a fonctionné. L'employeur a d'abord rechigné et leur a sucré les heures supplémentaires pour les forcer à reprendre le travail, mais les chauffeurs ont tenu bon. Au fil des jours, leur action collective s'est organisée. Jane a ramené du café et glissé des chaufferettes dans ses chaussures. Quelqu'un a trouvé un brasero et un musicien a ramené sa guitare. Ils ont tenu sous le ciel bas et malgré la nuit qui tombe tôt, au coude à coude derrière leurs bannières, encouragés par les klaxons des automobilistes qui leur crient par la fenêtre de ne rien lâcher. Ils sont tour à tour terrorisés et galvanisés par la lutte, épuisés et énergisés par les négociations. Une fois, Jane s'endort au volant après une nuit de trop sur le piquet. Quand ils obtiennent enfin gain de cause, elle est extatique.

Dès le lendemain, elle reprend le service. Son bus fait sa première rotation du matin, rempli essentiellement par des femmes de ménage qui se rendent en ville pour nettoyer les bureaux. Celles-ci laissent place aux travailleurs de nuit sur le chemin du retour, puis aux écoliers en uniforme et aux employés toujours pressés, qui se précipitent à sa rencontre. Il y a ceux qui la connaissent, ses préférés, les grands-mères qu'elle fait s'asseoir le temps qu'elles retrouvent leur pass, et les touristes qui refusent de comprendre que c'est une carte par personne, mais qu'elle laisse souvent entrer malgré tout. Les jours de pluie, des groupes de jeunes s'installent au fond et passent la journée à faire des allers-retours en écoutant de la musique. Avec la fermeture des clubs et centres aérés, ils n'ont plus vraiment d'autres endroits où se retrouver au sec.

La joie et le soulagement de la victoire retombent vite. Jane est fatiguée de ne jamais pouvoir prendre de pause pour aller aux toilettes et de son emploi du temps changeant qui la fait commencer trop tôt ou finir trop tard, lui faisant systématiquement rater ses cours de danse. Elle n'a qu'une hâte : quitter cet habitacle qui fait serre en été et cage en hiver pour trouver un métier avec des horaires vivables. Une entreprise d'audits dans les transports lui a fait une proposition. Ce serait la fin de quinze années de métier, une reconversion de plus à son actif.

Printemps 2007

C'est le coup de chance de sa vie. Jane s'apprête à passer la porte du centre d'emploi, entre deux contrats saisonniers à McDonald's qui lui permettent de garder les vacances scolaires libres pour s'occuper de ses enfants. Elle vient d'avoir quarante ans.

« Un sandwich ? »

Elle lève la tête. Un homme désigne son chariot rempli de casse-croûte emballés dans de la cellophane. Elle ne réfléchit pas.

« Ça ira, merci. Par contre, si vous avez du travail pour moi, je prends. »

Il la forme en quelques mois. Cela fait déjà longtemps qu'il cherche à vendre son affaire pour pouvoir partir à la retraite. Jane monte dans la cuisine industrielle qu'il loue à l'étage d'un entrepôt, un atelier presque vide auquel on accède par un escalier en colimaçon. Sur deux tables d'aluminium, il faut chaque matin assembler les garnitures fraîches : poulet épicé et laitue sur pain complet, ou jambon de parme et mozzarella entre deux tranches de ciabatta. Elle apprend à manœuvrer les caisses pour redescendre sans se prendre les pieds dans les marches et gare son van réfrigéré acheté à crédit devant les tours de verre à l'heure où les employés de bureau descendent acheter leur déjeuner. Le soir, il faut recompter les reçus, passer commande aux fournisseurs et nettoyer le matériel. Les journées sont longues, mais elle s'en sort bien. Pour la première fois, elle est sa propre cheffe.

En septembre 2008, la crise déboule de nulle part. Une des entreprises qui lui assure de bonnes ventes licencie trente-deux personnes en quelques jours. Pour Jane, c'est 200 livres de chiffre d'affaires hebdomadaire qui disparaissent. Un peu partout, les bureaux ferment ou se relocalisent. À la même période, les food-trucks, apparus aux États-Unis dans le sillage de la Grande Dépression, débarquent en Angleterre. Face à leurs plats chauds et sophistiqués, elle et son van ne font plus le poids. Elle revend les équipements de cuisine pour limiter ses pertes.

Le jour où elle va négocier le report du remboursement de son prêt, Jane demande à nouveau si, à tout hasard, il n'y aurait pas une place pour elle. Elle tombe à pic : les prêteurs cherchent des démarcheurs. Elle se retrouve à parcourir son quartier à pied et à frapper aux portes pour vendre des crédits à des taux indécents. Elle développe rapidement une clientèle fidèle.

Autour d'elle, le pays est en ébullition. Après treize années où le Parti travailliste était au pouvoir, le changement semble inévitable. Le Premier ministre Gordon Brown est empêtré dans les filets de la crise financière. Son gouvernement a choisi de sauver les banques et entamé un plan de relance qui lui a valu d'être reconnu dans le monde entier. Washington et l'Europe l'ont accueilli à bras ouverts. Devant la Chambre des communes, sa langue fourche et il déclare, à l'hilarité générale, qu'il a « sauvé le monde ». Mais en coulisse, les conservateurs affûtent leurs armes. Ils ont flairé une opportunité, et l'influent journal de droite *The Sun* les soutient. Eux qui avaient juré de s'aligner sur les investissements travaillistes dans les services publics « à la livre près » se mettent à critiquer le désordre laissé par les gouvernements Blair et Brown. Ils reprochent à ce dernier de ne pas avoir réglé les problèmes quand l'économie était au beau fixe.

Lors du congrès du Parti conservateur de 2009, un jeune David Cameron, costume impeccable et cheveu peigné vers l'arrière, lance l'offensive en s'affichant devant le poster d'une énorme tête de bébé affublée du slogan « Le nez de papa. Les yeux de maman. La dette de Gordon Brown ». Dans son adresse aux membres réunis à Manchester, il promet de « faire bouger le pays » et de « mettre les gens au travail ». Comme si on ne travaillait pas déjà assez, et pour des salaires ridicules, s'agace Jane, qui ne porte pas dans son cœur ce descendant de l'aristocratie, avec son air éternellement satisfait de premier de la classe. L'année suivante, les résultats des élections sont serrés et le suspense plane pendant quelques jours. Finalement, la dernière page du long chapitre travailliste se tourne : une coalition est formée entre les conservateurs et les centristes libéraux-démocrates.

Avant de quitter son poste, le secrétaire général au Trésor de Gordon Brown laisse une note sur le bureau de son successeur : « Je crains qu'il n'y ait plus d'argent. Cordialement, et bonne chance ! » Une boutade, mais l'idée fait son chemin. David Cameron embarque le morceau de papier avec lui quand il se déplace. Elle lui permet de dérouler sa fiction : le pays se serait endetté en distribuant trop d'argent aux pauvres. La population serait responsable, elle aurait trop profité.

Le glissement est rapide et excessivement adroit : par un jeu rhétorique dans lequel la presse à scandale n'est que trop heureuse de s'engouffrer, la crise financière devient une crise des services publics. Oubliés, les banques endettées qu'il a fallu sauver, le secteur privé et les prêts douteux : la figure du fainéant s'élève en épouvantail. Toutes les difficultés du pays seraient le fait d'une classe de profiteurs qui privent les honnêtes gens des fruits de leur dur labeur. Le budget de l'État doit désormais se gérer comme celui d'un ménage : il faut « se serrer la ceinture » et « faire des efforts » le temps de rééquilibrer ses comptes. Les avertissements du FMI et de plusieurs Nobels d'économie n'y changent rien. David Cameron affirme que « l'ère de l'irresponsabilité » doit laisser la place à « l'ère de l'austérité ». C'est un mal nécessaire, un sirop au goût amer qui rétablira l'équilibre budgétaire et l'ordre moral par la même occasion. Le terme a même une certaine noblesse. Il n'est pas sans évoquer les sacrifices faits pendant la

Seconde Guerre mondiale, lorsque même une jeune princesse Elizabeth n'avait pas le droit de prendre son bain dans plus douze centimètres d'eau.

George Osborne, le ministre des Finances qui incarne la quintessence de l'intraduisible *britishness* avec ses costumes bien coupés et ses cravates vert anglais, pose devant la porte vernie de Downing Street en brandissant la valise rouge du budget. « Ce pays vivait au-dessus de ses moyens », annonce ce fils de baronnet, devenu à trente-huit ans un des plus jeunes à occuper le poste prestigieux de chancelier de l'Échiquier. La correction sera « difficile » mais « juste », promet-il. Même les libéraux-démocrates se mettent à réclamer des « coupes sauvages ». Le gouvernement de Cameron, qui compte dix-huit millionnaires sur vingt-quatre ministres, se lance dans un vaste plan de réduction des budgets des services publics, répétant en boucle que « tout le monde est dans le même bateau ».

À cette époque, Jane n'est pas complètement en désaccord. Parfois, quand ses clients lui ouvrent la porte, elle voit leur nouveau salon rempli de meubles neufs achetés à crédit. Elle-même n'a jamais eu droit au set complet : les deux fauteuils et le canapé assorti, avec une table basse juste à la bonne taille. Pour rafraîchir sa décoration, il faudrait qu'elle emprunte. Ses meubles sont de seconde main alors qu'elle travaille depuis ses quatorze ans – même enceinte, elle était en train de faire le ménage dans les bureaux du Royal Mail. Ces gens qui ne travaillent pas et semblent s'en sortir mieux qu'elle, ça la dérange un peu, au fond. Elle sait pourtant qu'ils sont rares et voit bien que les dettes finissent par les rattraper et par tout engloutir, nouveau salon compris.

Les effets de l'austérité ne se font pas attendre. Un an à peine, et les premiers clients arrêtent de rembourser. « J'essaie, Jane, mais je ne peux plus », s'excuse un de ses réguliers, un homme toujours très ponctuel dans ses versements. Quelques semaines plus tard, c'est un autre, puis encore un autre. Elle s'en veut de leur avoir vendu ces prêts quand elle voit leur situation se dégrader, avant de s'inquiéter de son propre sort. Le salaire des vendeurs à domicile dépend des remboursements de leurs clients. Bientôt, elle n'arrive plus à rentrer dans ses frais. Son mari Michael lui suggère alors de devenir conductrice de bus, comme il l'a été dans le temps. Après tout, c'est un salaire fixe, une situation stable et la promesse d'une retraite. Il serait temps de commencer à y penser.

Un adulte sur cinq vit dans la pauvreté. Un enfant sur trois. Les chiffres, maintes fois confirmés par des rapports, me semblent improbables. Pour moi, l'Angleterre a toujours été l'épicentre du cool. J'ai grandi en pleine ère Oasis, quand l'Union Jack se déclinait en guitares, t-shirts et sur les robes des Spice Girls. J'ai lu Roald Dahl, *Winnie l'Ourson*, *Harry Potter*, *Le Monde de Narnia* et Jane Austen à une époque où « porridge », « bacon » et « thé à la bergamote » sonnaient encore comme des mets exotiques. Ado, j'ai accroché le plan du métro londonien au-dessus de mon lit en rêvant de Camden et d'une une vraie paire de Dr. Martens. Je me souviens d'avoir fait la queue pour voir Pete Doherty en concert, ainsi que de cet atroce voyage scolaire à Londres avec ses sandwichs au concombre et la pluie incessante qui nous trempait jusqu'aux os entre deux musées. En l'étudiant de loin, le Royaume-Uni m'a toujours semblé fascinant, rock et fantasque, une contrée étonnante peuplée de Hugh Grant ahuris et de Mini Cooper qui roulent à gauche. Là-bas, de l'autre côté de la Manche, pensais-je, des filles aux cheveux roses achètent de la moutarde jaune vif et d'improbables sauces à la menthe dans des supermarchés où passent en boucle les plus grands tubes de Queen, David Bowie et des Rolling Stones.

La réalité est un peu différente. Dans mon quartier du sud-est de Londres, les églises se remplissent au moment des distributions de nourriture plus certainement que pour les messes. L'espace de travail partagé où je me rends trois jours par semaine annonce qu'il va fermer, trop cher à chauffer au vu des prix actuels. Ma facture d'énergie frôle les 300 livres pour un 45 m². La fondatrice d'un musée alternatif me dit qu'elle songe à quitter Londres en raison des prix. Deux couples d'amis voient leur loyer augmenter de 200 et 400 livres d'un coup. À certains moments, j'ai la sensation d'être retournée aux États-Unis, où j'ai vécu avant l'Irlande du Nord, tant est présente l'impression qu'un rien suffit à tout faire basculer.

« Tu dois souffrir d'une forme britannique du syndrome de Paris », diagnostique mon conjoint, amusé, à force de me voir déchanter. Le syndrome en question, largement romantisé, toucherait notamment les touristes japonais à leur arrivée en France, lorsque leur vision idéalisée entre en collision avec la réalité de la ville. Ça le fait plutôt rire – jusqu'à ce qu'il s'aperçoive que lui non plus n'avait pas pris la mesure des difficultés de son pays natal. À dire vrai, il n'y a guère que les travailleurs sociaux et ceux qui sont touchés par la crise qui réalisent l'état de délabrement des services publics. Début 2022, lorsque les chercheurs de la Food Foundation découvrent qu'un adulte sur sept a dû limiter ses portions de nourriture (soit une augmentation de 57 % en quatre mois), ils sont si surpris du résultat qu'ils reprennent leurs calculs en élargissant la taille de l'échantillon, persuadés de s'être trompés.

Les autres continuent de croire au mirage. En témoignent les dizaines de milliers de réfugiés qui risquent chaque année une traversée illégale de la Manche pour rejoindre les côtes britanniques. Ou les six millions d'Européens qui ont déposé une demande pour rester au Royaume-Uni post-Brexit. À force de référendums malheureux, de négociations tendues et de mauvais choix politiques, le vernis a fini par se craqueler, mais aller vivre au Royaume-Uni reste encore synonyme d'opportunités, de stages dans des entreprises internationales, d'universités historiques et d'une scène culturelle sans équivalent.

Une seconde image coexiste avec celle-ci. On sait, en Europe, que le Royaume-Uni est un pays inégalitaire. Les grèves retentissantes du siècle passé ont été rapportées par nos journaux. De temps à autre, un film de Ken Loach remet un coup de projecteur sur le sujet et ravive les images des banlieues de villes du Nord où la vie a l'air plus difficile qu'ailleurs, les gens plus fatigués, les solutions moins évidentes. Sur le coup, on est saisi. Puis, en sortant de la salle de cinéma, on rationalise – Loach est quand même très à gauche, non ? Il a dû forcer le trait. C'est tire-larmes, de la politique déguisée en fiction ou, pire encore, du « *poverty porn* », comme s'exclame, outrée, l'amie avec laquelle je sors de la séance de *Sorry We Missed You*, en 2019. Pour elle qui a grandi à Tel Aviv, impossible de voir quoi que ce soit d'autre qu'une grossière exagération dans ce long-métrage retraçant les mésaventures d'une mère de famille travaillant dans l'aide à la personne, et de son mari, chauffeur-livreur à son compte. Nous vivons pourtant à Belfast, où cette pauvreté nous entoure.

Cet exercice d'équilibriste est un classique de la dissonance cognitive : face à l'inconfort mental que nous procurent deux visions contradictoires mises côte à côte, on minimise, on déforme et on justifie. Oui, le Royaume-Uni est inégalitaire, mais ça ne peut pas être si horrible que ça. Ça se saurait. Prenez la capitale, ses restaurants renommés, ses clubs privés, son industrie de la mode et de la culture, ses maisons de millionnaires et ses banquiers qui promènent leurs richelieus cirés dans le centre des affaires, café fumant à la main, avec l'air de n'avoir jamais manqué de rien. Et pourtant, avec ses presque neuf millions d'habitants, Londres n'est pas épargnée.

*

À la sortie du métro, les pavés des plus anciennes rues du centre luisent sous les réverbères. La Tamise s'écoule non loin de là, léchant les quais à marée basse tandis que se découvrent d'étroites plages de sable gris. Les rares passants à braver l'hiver se dirigent vers le Mayflower, un pub dont les lattes de la terrasse surplombant le fleuve laissent voir l'eau en contrebas et qui se vante d'avoir été visité par les pèlerins de 1620 en partance pour le Nouveau Monde. Lorsque j'arrive à l'adresse qu'on m'a donnée, la porte du musée du cinéma est ouverte et révèle une salle débordant de costumes et de pièces de décors de films. Sharon, une universitaire et diététicienne au cœur de la campagne pour le droit à l'alimentation, m'avait prévenue par texto. « Lundi soir, 19 heures. Il y aura un député et tous ceux qui portent cette lutte. »

Les premiers arrivés ont empilé leurs pancartes dans un coin. Elles portent toutes le même dessin d'Oliver Twist, le héros du second roman de Charles Dickens, qui tend misérablement sa gamelle pour réclamer, « s'il vous plaît, monsieur », une portion supplémentaire de gruau.

Un homme lève le nez de ses dossiers et suit mon regard. « Cette image, c'est pour montrer qu'on veut nous enlever notre dignité et nous forcer à quémander un peu plus chaque jour », grommelle-t-il. Sharon me le présente comme Harry et s'excuse discrètement de son ton peu amène. Nous le suivons dans une salle à la décoration chargée, où quelques dizaines de personnes sont réparties sur des canapés en chintz et fauteuils dépareillés, sous le regard sévère de portraits d'époque en collerette et coiffures élaborées.

Une conseillère municipale du sud de Londres prend la parole. « Dans l'hôpital pédiatrique de mon quartier, neuf lits sur vingt sont actuellement occupés par des enfants qui souffrent de maladies liées à la pauvreté. Il y a parmi eux un bébé de six mois atteint de rachitisme car sa mère s'est privée de repas pendant sa grossesse pour pouvoir nourrir ses autres enfants. Les maladies de l'ère victorienne sont revenues », s'inquiète-t-elle. Les cas de scorbut, une sévère déficience en vitamine C qui entraîne des hémorragies et parfois le déchaussement des dents, se comptent désormais par centaines.

Vient le tour d'Ian Byrne, un député travailliste que j'ai déjà rencontré pour un café au Parlement. Une après-midi, alors qu'il visitait un centre social de sa circonscription à Liverpool, il est tombé sur une file de personnes en train d'attendre pour ce qu'il pense être un club de jeux. Il s'agit en fait d'une banque alimentaire, au fond de laquelle des bénévoles tentent de répartir le contenu de paquets de pâtes dans de plus petits sacs, de la taille de ceux dans lesquels les buralistes distribuent les bonbons. « De tout petits sachets, parce qu'ils n'avaient même pas assez de pâtes pour tout le monde… » Quand il raconte la scène, sa voix en tremble encore.

« Ce à quoi on assiste en ce moment ne ressemble à rien de ce qu'on a vu dans nos vies, martèle-t-il de sa voix d'ancien syndicaliste, la diction propre à sa région transformant ses « k » en « r ». Aujourd'hui, la majorité de ceux qui utilisent nos banques alimentaires ont un emploi. Ça n'aurait jamais été le cas avant. Nous faisons face à une des crises les plus terrifiantes de notre époque, et on ne peut pas continuer comme ça, avec un pays qui ne tient que grâce à la bonne volonté de bénévoles ! »

Un silence pesant accompagne ses mots. Il poursuit. « On a désormais des parents qui se privent de repas et des enfants qui vont à l'école et qui n'arrivent pas à se concentrer parce qu'ils n'ont rien dans le ventre. » Le syndicat des infirmières scolaires a déjà alerté sur l'augmentation des troubles anxieux et des retards de croissance chez les élèves, qui grandissent moins vite que leurs petits voisins européens. Une association aide les écoles à mettre en place des « breakfast clubs », des petits-déjeuners gratuits distribués avant les cours pour les enfants qui en ont besoin – celle-ci est d'ailleurs trop débordée pour m'accorder une interview. Les enseignants, sous couvert d'anonymat, racontent qu'ils voient des élèves se cacher à l'heure du repas ou faire semblant de manger devant leur Tupperware vide. D'autres mettent de côté le plat de la cantine pour le ramener à la maison.

Harry se lève à son tour. Son chapeau et sa barbe blanche le font ressembler à un rabbin. Il se balance d'avant en arrière sur ses baskets, satisfait d'être au centre de l'attention. « Hier, j'ai distribué des fruits aux personnes âgées de mon quartier. Il n'était pas 16 heures que certaines étaient déjà au lit pour tenter de rester au chaud. Moi-même, le matin, je me lave à l'eau froide. Je ne mets pas le chauffage. » Il est de cette génération qui a joué en short dans les cratères des bombes dessinés par le Blitz et grandi au régime imposé par les tickets de rationnement. Dans la petite maison que partageaient sa mère cantinière à l'hôpital et son père militaire, il a vécu sans eau chaude et sans petit-déjeuner, à moins de chiper les gâteaux mis à refroidir par la boulangère au-dessus du muret. « Pour se chauffer, on n'avait qu'une cheminée. La nuit, il fallait empiler les couvertures qui grattaient comme pas possible. Quand il faisait vraiment trop froid, j'avais le droit de mettre le grand manteau de l'armée de papa pardessus. Et aujourd'hui, c'est la même chose. Notre pays est retourné des décennies en arrière. »

Harry est en colère, parce qu'il a aussi connu les belles années. Au sortir de la Seconde Guerre mondiale, rapprochés par les bombardements et les traumatismes du conflit, les Britanniques avaient réclamé que l'interventionnisme d'État se poursuive. L'idée de sécurité sociale avait peu à peu fait son chemin. William Beveridge, un fonctionnaire en fin de carrière, s'était lancé dans la rédaction du rapport qui devait changer durablement le pays. Il identifie cinq maux qui empêchent la société de se développer : la pauvreté, l'ignorance, l'insalubrité, le chômage et la maladie. Pour y remédier, il jette les bases d'un État-Providence.

Quand l'Allemagne et, dans une certaine mesure, la France développent un modèle qui répond à une logique assurantielle (les individus qui ont cotisé en travaillant ont droit aux prestations), le Royaume-Uni préfère une logique assistancielle et financée par l'impôt. La protection des Britanniques doit être égalitaire et universelle, couvrir toute la population pour tous les risques, et prend en compte les besoins des individus plutôt que leur statut professionnel.

À la publication du rapport Beveridge, les Britanniques font la queue sur des centaines de mètres pour s'en procurer une copie. Ce projet les séduit et devient le leur : le Royaume-Uni moderne est un pays qui s'occupera de ses citoyens « du berceau jusqu'à la tombe », à travers un réseau d'écoles, de logements sociaux et de maisons médicales. C'est aussi le début du service de santé gratuit et public, le NHS, qui deviendra si populaire qu'il sera, en 2012, la vraie star de la cérémonie d'ouverture des Jeux Olympiques de Londres. Ce n'est pas la reine, ni la doublure de Daniel Craig en costume de James Bond sautant d'un hélicoptère, mais bien son logo en trois lettres capitales qui provoque un tonnerre d'applaudissements en apparaissant dans le stade, entouré de dizaines de danseurs en costumes d'infirmiers et d'enfants qui sautent sur des lits d'hôpitaux.

Harry, qui a connu la pauvreté enfant, s'est laissé porter par l'insouciance des Swinging Sixties et un certain optimisme quant à l'avenir. Docker, il « travaillait dur mais vivait bien ». « Au moins, on avait de l'argent pour payer le loyer, on ne se posait pas la question », regrette-t-il, nostalgique du plein-emploi dans son secteur, quand les ports de Londres grouillaient de bateaux et d'étrangers et que ses cheveux longs faisaient rire ses collègues. Il passait ses journées à sauter d'un navire à l'autre, en évitant les cordes qui claquent et les caisses qui tombent et lui briseront tout de même une main et une partie du dos. Aujourd'hui retraité, il s'inquiète pour ses deux fils, l'un acteur, l'autre entrepreneur, et pour son frère à la santé fragile. Même la perspective de voir le maire de Londres étendre la cantine gratuite à tous les enfants de la capitale ne le réjouit pas. « C'est loin d'être assez, il faut faire attention à tout, réfléchir à deux fois avant d'acheter quoi que ce soit. Dans ce pays, il ne fait pas bon être jeune et pas bon être vieux. »

Lorsque la réunion s'achève et que les militants quittent le musée du cinéma, ils se sont mis d'accord sur la date d'une prochaine réunion et le tracé d'une future manifestation. Des gouttes d'eau, symboliques mais un peu naïves, dérisoires face au constat qu'ils posent.

Shona

Janvier 2023. Selon la carte interactive qui recense les banques de chaleur au Royaume-Uni, plus de 4 000 lieux sont ouverts au public pour leur permettre de rester au chaud, dans une initiative soutenue et financée par le gouvernement.

Shona me rappelle peu après Noël, en chemin pour aller chercher ses enfants à l'école. Je lui demande comment se sont passées les fêtes. « Mon père était à l'hôpital. Ce n'était pas tout à fait le Noël que j'espérais, d'autant que c'était le dernier pour lequel j'avais travaillé et pu économiser. Mais ça a été. C'est fait. »

Cela fait trois mois que Jeremy Hunt, le ministre des Finances, a annoncé dans son budget d'automne qu'il faudrait prendre « des décisions difficiles ». L'air sérieux de rigueur pour apporter de mauvaises nouvelles, il a longuement souligné les différentes crises auxquelles fait face le Royaume-Uni, avant de promettre des mesures « justes » : des augmentations d'impôts et de nouvelles coupes budgétaires, généreusement repoussées à 2024 par égard pour les difficultés actuelles. Pourtant, quand j'écoute Shane, Jane, Diana ou Shona, je me demande où ils peuvent encore trouver de la marge de manœuvre. Le quotidien est déjà sous tension, les dépenses réduites au maximum, et les projets se font au jour le jour.

Le vrombissement du bus hache notre conversation. Shona raconte que ses parents lui ont donné un peu d'argent pour retourner ajuster sa couleur chez le coiffeur. Dehors, il fait – 3 °C. L'herbe est givrée mais il ne neige pas. Elle renifle.

« J'ai à nouveau une bronchite. Tout est humide dans la maison, il y a de l'eau dans les murs. D'après la voisine, ça serait à cause du balcon qui ne permet pas un bon écoulement, mais la mairie refuse d'intervenir. De la moisissure noire pousse partout. Pour s'en sortir, il faudrait que je chauffe en continu et que j'aère en même temps, mais vu les prix de l'énergie, ce n'est pas envisageable : je paie déjà quasiment 300 livres par mois en n'allumant qu'au minimum. Et ça, c'est en comptant les 67 livres que nous donne le gouvernement cet hiver. C'est un cercle vicieux. » Les prix de l'électricité ont encore augmenté alors que les aides exceptionnelles distribuées à tous les Britanniques s'arrêtent en fin de mois. Elle a postulé pour tenter de décrocher une bourse de 120 livres. « J'y avais eu droit l'année dernière, mais cette fois je n'ai toujours pas reçu de réponse. » Home Energy Scotland, une association de soutien aux consommateurs, distribue bien des coupons, mais ceux-ci ne marchent que sur les compteurs prépayés. « On a beau être en difficulté, on n'est jamais dans la bonne catégorie ! » soupire-t-elle.

Le refrain de l'hiver est une petite phrase pernicieuse, « *heat or eat* », « se chauffer ou manger », qui peine à rendre compte de la cruauté d'avoir à se poser la question. Un réseau de banques de chaleur a été créé, et des associations, bibliothèques, églises et centres sociaux ont reçu des bourses publiques. Ils resteront ouverts pour permettre aux Britanniques de ne pas geler chez eux. Dans la première que j'ai visitée, au cœur d'un quartier de hauts immeubles en banlieue de Birmingham, les employées m'ont raconté que « de toute façon, on s'est toujours débrouillées pour permettre aux gens de venir au chaud, boire un thé ou charger leur téléphone ». La seule différence, c'est que l'État s'en est rendu compte.

Shona a choisi de manger. Chaque matin, elle couvre les enfants, qui gardent leurs gants et écharpes à l'intérieur jusqu'au moment d'aller au lit. « Ça me fait de la peine pour eux mais ils tiennent le coup. » Le but, en se couchant le soir, est de ne surtout pas avoir à se relever pour aller faire pipi dans la nuit.

Elle a passé les dernières semaines à se battre avec les fournisseurs d'électricité et de gaz qui lui réclament une facture indue depuis qu'elle a emménagé – des arriérés qui s'élèvent à plusieurs milliers de livres, probablement liés à un compteur défectueux. « Je suis restée des heures au téléphone avec eux. J'ai beau leur dire de venir prendre les relevés par eux-mêmes, ils n'écoutent pas et ne veulent pas m'installer un modèle connecté. En fait, ils essaient de forcer les gens en galère à avoir des compteurs prépayés. »

À sa description, je reconnais le genre de système que j'ai souvent trouvé dans mes logements en Irlande du Nord. Il fallait recharger une carte magnétique à la supérette la plus proche, avant de transférer l'argent en crédits sur la machine. En cas d'oubli, l'électricité s'éteignait d'un coup jusqu'à la prochaine recharge manuelle. À l'époque où Shona me raconte ses mésaventures, des agents de British Gas entrent illégalement chez les clients en défaut de paiement pour leur installer ces systèmes de force. « Évidemment, ils n'ont pas le droit de faire ça, mais j'ai entendu plusieurs échos de voisins à qui c'est arrivé. Et quand on veut récupérer son ancien compteur, il faut payer. C'est ridicule, ce n'est pas ça qui va nous aider à régler nos factures. »

Il est encore tôt. Quelques étudiants en art traversent la rue pour entrer dans la bibliothèque universitaire. Dans un renfoncement du trottoir, entre un café chic et un lavomatic, un petit groupe commence à se former. Veronika, dont seul le nez dépasse du col de sa doudoune, passe de l'un à l'autre pour les informer de leur ordre d'arrivée. Il ne s'agirait pas de se faire griller la priorité. « J'étais en premier, toi tu seras en second. Le petit monsieur avec son cabas là-bas est troisième. » Elle compte sur ses doigts, fait de grands mouvements pour être certaine qu'on la comprend bien. Assise sur un journal replié pour ne pas mouiller son pantalon, Nadya la regarde en hochant la tête d'un air entendu.

Sous le crachin, elles échangent les derniers potins. Il y a notamment « cette femme qui fait le tour de toutes les banques alimentaires du quartier, comme si elle croyait qu'on ne la voit pas », et qui les agace profondément. « Certaines personnes ont toujours besoin de plus ! Elle a déjà pris des couvertures la semaine dernière, elle doit en avoir suffisamment.

— Et tu te souviens de la dame jamaïcaine ? Ça fait plusieurs semaines que je ne l'ai pas vue, j'espère qu'il ne lui est rien arrivé.

— Oui je l'ai croisée ! Elle va ailleurs maintenant, dans une des églises qui fait une distribution le mercredi. J'ai entendu dire que c'était bien. »

Par bribes, à force d'attendre ensemble dans le froid, elles en ont appris assez sur la vie des uns et des autres pour savoir que tout le monde est dans la même galère. Veronika a perdu son mari pendant le Covid et sa retraite ne lui permet pas d'aller très loin. Elle partage ce qu'elle récupère avec sa fille, dont les trois adolescents dévorent tout sur leur passage. Elle sait que les autres, qui patientent sous la pluie, sont en invalidité, en attente d'aides sociales, ou ne s'en sortent pas avec celles qu'on leur a distribuées. Comme des collectionneurs avertis, ils s'échangent les bonnes adresses, là où on peut trouver du shampoing de marque, une bouilloire et quelques extras.

Quand les portes ouvrent, ils sont une dizaine à attendre en rang d'oignons. À l'intérieur, des mères de famille bien habillées se tiennent prêtes à remplir des sacs de provisions bon marché sans poser de questions.

Avant d'en passer les portes avec Veronika, le terme de « banque alimentaire » m'évoquait principalement des images de conserves en train de prendre la poussière sous le bureau d'une directrice d'école. Ou une distribution de soupe dans un gymnase, à la nuit tombée. Comme beaucoup, j'ai pris le réflexe d'acheter des tampons et du savon quand les caddies des Restos du Cœur apparaissent à l'entrée du supermarché au moment des fêtes, un petit geste exécuté machinalement, sans y penser ni chercher à en savoir plus.

Au Royaume-Uni, je me rends vite compte que derrière le rituel assez visible de la distribution se cache un écosystème complexe et professionnalisé. Un réseau quasi industriel d'entrepôts et de vans, qui soulève des problématiques de gestion des stocks et requiert la présence de chefs d'équipes et d'employés en chasuble. Une véritable machine, trop installée et trop fonctionnelle pour avoir été mise en place récemment.

Dans un des nombreux hangars que je visite – celui-là est glacial, anciennement utilisé par des négociants en fleurs – je zigzague entre des tours de palettes plastifiées en lisant les étiquettes. Il y a du riz, du savon, des haricots, des soupes en sachet, des couches pour bébé… Un peu de tout, sauf des produits frais. On se croirait dans l'arrière-boutique d'un hypermarché, une impression que prolonge la présence d'un rideau de PVC transparent tout droit sorti d'un rayon boucherie-charcuterie. Un groupe de retraitées a formé une ligne d'assemblage et papote en écrivant les dates d'expiration sur chacune des denrées qu'elles déballent. Les vivres seront rangés selon un ordre précis, pour qu'une autre équipe puisse constituer des colis à partir des recommandations inscrites sur des fiches plastifiées. Selon la taille du foyer, une quantité de pâtes, de sachets de thé, de papier toilette, de biscuits et de conserves est recommandée. Une brique de lait, du café soluble s'il y en a, du liquide vaisselle si besoin. Il a fallu adapter la composition, expliquent-elles, car de plus en plus de clients ne peuvent pas se permettre d'allumer le four. *Exit* les pommes de terre crues et les légumes trop longs à cuire, les plats précuisinés et les nouilles instantanées sont les mets les plus recherchés. La notion de repas « adéquats » et « nutritifs » réclamée par les activistes du droit alimentaire ne tient pas face à l'urgence.

Brianna, joviale responsable de cette troupe, me montre sa feuille de commande. « Je viens d'acheter plusieurs centaines de pudding éponge. » Je dois avoir l'air peu convaincue, car elle s'empresse d'ajouter. « Chaud, c'est très bon ! Ça cale, et c'est réconfortant. Pour ceux qui n'ont qu'un microondes, c'est un petit bonus très apprécié. » En vérité, c'est plutôt l'idée de voir les banques alimentaires acheter de la nourriture qui m'étonne. Malgré la chaîne d'approvisionnement qui assure l'arrivée hebdomadaire de milliers de produits, le contenu des livraisons est rarement prévisible. En outre, avec l'augmentation des besoins et l'ouverture de toujours plus de banques alimentaires, l'offre se réduit. Certaines ajustent au mieux, avec leurs budgets issus de bourses ou de dons individuels, pour assurer un minimum de diversité. D'autres complètent l'aide en nature par des conseils médicaux ou financiers, et font le lien avec des associations qui distribuent des fonds et aident les usagers à défendre leurs droits.

Au Royaume-Uni, une économie parallèle s'est ainsi développée, qui reprend les codes des supermarchés. Les bénévoles, qui se partagent à la pause un paquet de tartelettes périmées, sont sous les ordres d'employés, eux-mêmes souvent issus du secteur de la grande distribution. Au niveau local, d'anciens chefs de rayon se retrouvent à gérer les stocks des banques alimentaires. À l'échelle nationale, FareShare, le réseau de répartition des surplus alimentaires, a par exemple choisi l'ancien directeur de la section alimentaire de Marks & Spencer comme nouveau chef exécutif.

L'ampleur de la machine surprend jusqu'aux fondateurs du Trussell Trust, le premier réseau de banques alimentaires du Royaume-Uni. Lorsqu'ils ont créé la première d'entre elles dans leur garage, au tournant des années 2000, ils étaient loin d'anticiper ce développement. Carol et Patrick Henderson ont depuis longtemps quitté le Royaume-Uni pour passer leur retraite en Nouvelle-Zélande. Quand je finis par dénicher leur adresse mail, ils me proposent un entretien, tôt le matin pour moi, tard le soir pour eux. Ils rentrent de chez des amis. Souriants, en pyjama, ils placent leur ordinateur sur la table basse qui fait face à leur canapé et se replongent dans leurs souvenirs du début du siècle.

*

Il y a plus de vingt ans de cela, les Henderson vivent à Salisbury, une ville du sud de l'Angleterre connue pour sa cathédrale gothique et sa proximité avec Stonehenge. Engagés dans l'humanitaire après une carrière dans l'armée qui les a déjà amenés à travailler en Irak et en Arménie, ils sont en plein projet pour nourrir les orphelins bulgares, quand ils reçoivent un coup de téléphone inattendu. « Je m'en souviens parfaitement, c'était un jeudi soir à 21 heures, explique Carol. Le journal local était sorti ce jour-là avec un article sur notre initiative, et une mère de famille que nous ne connaissions pas nous a appelés pour dire : "Mes enfants vont au lit le ventre vide. Que comptez-vous faire pour eux ?" C'était assez choquant. On était partis à l'étranger parce qu'on pensait qu'avec l'État-Providence, il n'y avait pas de pauvreté au Royaume-Uni. Et encore moins à Salisbury, située dans une région assez riche de l'Angleterre ! » Dès le lendemain, ils partent à la rencontre de cette famille et se rendent compte que leur pays compte lui aussi ses cohortes de gamins mal nourris.

Le couple fait alors ce qu'il sait faire de mieux : il enquête, identifie le besoin, interroge une soixantaine de personnes et développe une solution adaptée au terrain. « On s'est aperçus qu'il y avait un décalage entre le moment où les gens se retrouvent sans revenu, et celui où ils peuvent recevoir de l'aide. Tout le monde le savait, mais rien n'était en place pour combler ce vide. On a donc imaginé des colis avec une dizaine de repas dedans – petit-déjeuner, déjeuner et dîner, pour que les gens puissent traverser ce moment de crise. » Les règles sont fixées à trois colis par foyer, par période de six mois. « Avec le recul, ce fonctionnement était certainement naïf, mais à l'époque, les organismes des prestations sociales étaient beaucoup plus réactifs et distribuaient les aides plus rapidement qu'aujourd'hui. Ça a drastiquement changé par la suite, ce qui a eu un impact énorme sur la croissance de notre projet. » Dans la pratique, et en réponse à la crise, les bénévoles essaient actuellement d'être un peu plus flexibles sur le nombre de colis qu'ils distribuent et les délais à respecter.

Pour motiver les gens à donner, Carol et Patrick Henderson conçoivent leur structure sur le modèle d'une banque : « Le principe est d'investir quand les finances sont au beau fixe et de retirer en cas de besoin. Autrement dit, on peut venir déposer des denrées dans la banque alimentaire pour en récupérer dans les moments de crise », explique Patrick. Ils répliquent les instructions et systèmes de comptabilité sur CD-Rom pour exporter leur modèle et permettre le lancement de franchises partout dans le pays. Les médecins, les enseignants et tout un réseau d'associations sont chargés de délivrer aux individus en difficulté des bons d'accès au Trussell Trust. En 2010, quand David Cameron forme sa coalition, le réseau comptait trente-cinq banques alimentaires au Royaume-Uni. Dix en plus tard, on en trouve mille trois cents, auxquelles il faut ajouter le même nombre de banques indépendantes, supérettes sociales et garde-mangers alternatifs.

Carol Henderson se lève pour faire sortir le chien qui s'agite devant la baie vitrée. « Une fois que c'était lancé, on a laissé la main à des collaborateurs de confiance. Des années plus tard, on est revenus au Royaume-Uni pour chercher un prix qu'on nous avait décernés. En arrivant, la salle était remplie de jeunes. J'étais persuadée qu'aucun d'entre eux n'avait entendu parler de notre travail, mais ils connaissaient tous le Trussell Trust, sans exception. Ça m'a fait réfléchir. Qu'est-ce qu'on a créé ? Pourquoi en est-on arrivés là ? »

*

Depuis, le secteur des banques alimentaires s'est immiscé entre l'État et les citoyens pour combler le vide creusé dans les services publics par des années de coupes budgétaires. Malgré sa taille, il repose toujours sur la générosité des acheteurs, la corvéabilité des bénévoles et la complicité des supermarchés, devenus acteurs majeurs de l'équation. Quand les clients achètent pour donner, les enseignes enregistrent des ventes supplémentaires. Et dans un système alimentaire qui génère de l'excès, le don aux associations est un levier utile pour se débarrasser des invendus, limiter le gâchis et éviter les amendes.

Elles sont ainsi devenues les champions inattendus de la cause.

En 2019, la chaîne Asda investissait 20 millions de livres dans les réseaux de redistribution alimentaire, avant de geler les prix des essentiels et d'en sortir une gamme complète aux emballages jaune vif – une décision saluée par les uns, critiquée par les autres qui sont gênés à l'idée que leur panier discount puisse être vu de loin. Pendant les vacances scolaires, Tesco offre des repas gratuits aux enfants. Dans les rayons de Waitrose (une chaîne de supermarchés haut de gamme), des étiquettes « parfait pour la banque alimentaire » font scandale quand elles apparaissent sous les produits de première nécessité. Lidl a choisi la formulation « bon à donner », plus élégante, et inclut dans sa liste les produits d'hygiène. Où que je fasse mes courses, les radios diffusent des publicités qui invitent à donner, et les séparateurs de caisse rappellent inlassablement ce même message.

L'ironie est grinçante lorsque Just Eat, qui emploie ses livreurs aux contrats précaires payés le minimum, joint sa voix à l'appel aux dons. Ou lorsque Amazon investit massivement dans une banque « globale », au moment où ses employés mal payés de Coventry se mettent en grève pour demander une revalorisation de leurs salaires. Ou encore lorsque les prisons proposent aux détenus de participer à l'effort national en offrant des produits de leur cantine. Preuve que l'état de crise s'est normalisé : la famille royale se prête au jeu du remplissage de colis devant les caméras, et David Cameron affirme qu'il fait des heures de bénévolat dans la banque alimentaire de son quartier. Penny Mordaunt, figure phare du Parti conservateur, se félicite pour sa part d'avoir ouvert trois « épiceries solidaires » dans sa circonscription grâce aux royalties reçues pour un livre qu'elle vient d'écrire sur la grandeur du Royaume-Uni.

*

Sur l'étagère de mon frigo, les Tupperwares me narguent. J'ai passé la matinée dans une banque alimentaire de l'est de Londres, un local plein à craquer, sur le parking d'un ensemble d'immeubles des années 1960 aux tracés géométriques, dont les coursives extérieures rappellent celles des motels américains. Juste avant de fermer boutique, la responsable m'a fourré entre les mains deux portions de curry végétarien et une tablette de chocolat, coupant à mes protestations en m'agitant un sac plastique sous le nez. « Allez, emballe-moi ça. Ah, j'ai horreur de ça, quand les gens refusent ce que je leur donne. Moi je nourris tout le monde, qu'on en ait besoin ou pas. C'est la règle ici, un point c'est tout. »

J'avais jusque-là réussi à éviter de ramener de la nourriture à la maison. Ce n'est pourtant pas chose facile : il y a toujours quelqu'un pour vous glisser un paquet de biscuits dans le sac, ou pour insister pour que vous preniez un sachet de salade « qui risque de se perdre ». La frontière entre aidant et aidé est souvent fluide, ce qui encourage les managers à être généreux. Ils savent que beaucoup de bénévoles se cachent derrière le tablier du volontariat pour avoir l'impression de mériter leur sac de courses et repartir les mains chargées sans avoir honte. Tout à l'heure encore, j'ai rencontré Rose, une employée de musée venue sur sa pause déjeuner pour aider, mais qui admet qu'elle ne s'en sortirait pas sans les deux cabas remplis avec lesquels elle repart chaque semaine.

Pour ma part, je refuse tout, sauf de boire un thé – condition sine qua none d'une interview réussie au Royaume-Uni. Alors, lorsque je rentre chez moi avec mes Tupperwares, je suis un peu désemparée. À Belfast, j'ai habité un an à côté d'une famille de réfugiés somaliens, dont le père, Hajid, sonnait au retour de la banque alimentaire pour nous laisser les produits que sa famille ne mangerait pas. Un des placards de la cuisine s'était peu à peu rempli de tourtes industrielles, de plats en conserve – des produits bas de gamme et bon marché, qui sont restés intouchés jusqu'à mon départ, alors même que nous étions six à vivre dans cette maison. Pas à cause de leur provenance, mais simplement en raison de leur qualité.

Cette fois, le curry porte l'étiquette du Felix Project, un réseau londonien que je connais bien pour avoir suivi leurs distributions et visité les cuisines industrielles dans lesquelles leur équipe de chefs prépare des plats prêts à être réchauffés. Ces currys sont probablement délicieux. Le problème vient donc d'ailleurs.

Il y a une part d'illégitimité : cette nourriture ne m'est initialement pas destinée et je n'en ai pas besoin. Mais soyons réalistes, ce ne sont pas une ou deux portions de riz qui changeront le cours de la crise actuelle. Ce qui les distingue du reste de mon frigo, c'est que je ne les ai pas choisis. « Je ne peux pas imaginer ce que ça fait de ne pas pouvoir décider ce qu'on donne à manger à ses enfants », m'avait confié Jo au cours d'une de mes visites dans le Nord. Si les associations font de leur mieux pour répondre aux différents régimes alimentaires, cultures et religions, elles ne peuvent rien contre le sentiment d'humiliation et de gêne qui accompagne le don de nourriture.

Or, l'expression anglophone qui désigne le seuil de pauvreté vient justement de là. *The breadline*, littéralement la « file d'attente pour le pain », évoque les queues formées devant les soupes populaires au moment des crises et de la Grande Dépression du XXe siècle. Par extension, elle désigne le revenu minimum requis pour se payer les biens et services de base. Basculer sous cette « *breadline* », mendier des conserves ou des plats, limite la marge de manœuvre de ceux qui demandent de l'aide, réduit la capacité de choix, infantilise et laisse au fond un goût amer.

Shane

Janvier 2023. BBC News. « En Angleterre, les patients confrontés à des urgences telles que des crises cardiaques ou des AVC ont attendu en moyenne plus de 90 minutes pour une ambulance à la fin de l'année 2022. »

Le garagiste a réclamé 600 livres pour réparer la voiture. Les pièces à changer « posent souvent problème sur les véhicules d'occasion », s'est-il justifié, un peu embêté. Shane a demandé une avance à son employeur pour régler la facture. Ce n'est pas la première fois qu'il le fait : les applications qui permettent de recevoir une partie de son salaire avant le jour de paie se sont généralisées au Royaume-Uni au cours des dernières années. La demande est facile, presque toujours acceptée, mais les fins de mois n'en sont que plus rudes. Cet hiver est une dégringolade.

Pour ne rien arranger, à l'hôpital, les ambulances se sont remises à faire la queue. Le phénomène est apparu pendant la pandémie : il y a trop de malades et pas assez de lits disponibles. Les équipes paramédicales doivent poireauter des heures avant de pouvoir décharger leur patient et repartir sur une nouvelle mission. Hier, son équipe a passé l'après-midi à patienter à l'arrière du camion qu'une place se libère. Ils n'ont transporté que deux personnes quand, en temps normal, ils en auraient secouru cinq ou six autres. Shane déprime chaque fois qu'il retourne sur le parking pour être accueilli par la vue de dix rectangles jaune fluo, sagement alignés, qui attendent leur tour.

Le pire, dans ces moments-là, c'est qu'il faut faire la conversation, rassurer et trouver un mot d'esprit sur les 10 % de postes vacants dans le secteur. À force, il en a marre de s'excuser. Il fait de moins en moins l'effort et préfère s'éloigner pour tuer le temps sur son téléphone. Ils en viennent à espérer que le patient s'endorme. Qu'il ne crie pas. Que ça ne soit pas une personne âgée qu'il faille emmener aux toilettes à plusieurs reprises. Il n'a pas choisi ce métier pour rester coincé avec des inconnus pendant des heures, encore moins dans un véhicule de la taille d'un abri de jardin. « Vous êtes un peu bizarres, vous, les ambulanciers », répète souvent sa femme. Bizarres, probablement, c'est le métier qui veut ça. Démotivés, c'est certain.

Il y a bien eu une grève, comme partout, mais les négociations ont échoué. Appâtés par une somme forfaitaire à quatre chiffres, les collègues de Shane ont accepté une augmentation de misère qui ne rattrape pas les années de gel des salaires. Il ose enfin se l'avouer : si on lui proposait un autre boulot, à salaire égal et dans un autre secteur, il n'est pas sûr qu'il refuserait.

Le système de santé a un temps été épargné par les coupes budgétaires dans les services publics, avant d'être rattrapé par l'inflation qui a grignoté ses budgets, systématiquement inférieurs aux besoins réels. Au fil des restructurations et des privatisations, un fossé s'est creusé entre la demande en soins et les capacités disponibles. Le nombre de Britanniques en attente d'une opération, qui stagnait depuis 2009, s'est mis à augmenter à partir de 2012 : de 2,4 millions de personnes à 4,6 millions en janvier 2020, puis jusqu'à 7,7 millions fin 2023.

Les objectifs financiers avancés par les différents gouvernements n'ont pas toujours été compatibles avec la qualité des soins, et les difficultés se sont accumulées : peine à recruter, locaux endommagés, large proportion de lits occupés par des patients qui devraient être en maison de repos mais ne peuvent pas y entrer… Récemment, le King's College Hospital est devenu un symbole de ce lent effritement lorsqu'il s'est mis à demander à ses patients de louer leur chaise roulante *via* un opérateur privé plutôt que de leur en mettre à disposition.

*

Shane n'est pas un aventurier. Il n'ira pas voir ailleurs et ne prendra pas de risques. En revanche, il n'a jamais eu peur de travailler. Petit, déjà, il passait ses journées à faire le tour du village sur son vélo rouge, avec son grand panier attaché à l'arrière pour collecter les bouteilles consignées des voisins et récupérer dix pence pour les grandes, deux pour les petites – juste assez d'argent de poche pour faire partie des populaires à l'école. On le connaît dans toute la région, le fils de la tenancière du pub, toujours à débarrasser les tables le week-end et pendant les vacances scolaires. Quand les jours de match amènent au comptoir une foule étrangère, il observe les hommes d'affaires qui déposent leur attaché-case sous la table, remplis de promesses de richesse et de succès. Lui aussi partira tenter sa chance et deviendra commercial, ou pourquoi pas propriétaire. En attendant, il travaille à la boucherie les soirs, puis à la jardinerie les samedis quand il n'a pas entraînement de foot.

Dans son village façon carte postale du Gloucestershire, à l'ouest de l'Angleterre, avec ses maisons aux toits de chaume, son canal et son clocher rectangulaire, Shane et les autres gamins tuent le temps en regardant passer les bateaux. Le tanker rempli de pétrole, la barge à céréales, celle couverte de bois et, clou de la journée, le bateau de l'usine de chocolat Cadbury dont les ouvriers leur lancent des restes de gâteau de cire croustillant. Ils se passent sous le manteau les bouteilles chapardées lors de l'inventaire et pédalent des kilomètres avant de retourner s'écrouler dans l'appartement étroit que sa mère loue à quelques rues du pub. Sa famille n'a pas grand-chose, il n'est même jamais parti en vacances, mais c'est assez pour vivre. Et ça n'ira qu'en s'améliorant, au fil des emplois, des promotions et des déménagements.

Tout jeune adulte, Shane décroche son premier poste chez Mitsubishi. Il lance à la cantonade dans les vestiaires de son club de foot qu'il cherche un plein-temps et un des joueurs le met en contact avec son oncle. En deux coups de fil, l'affaire est dans le sac. Un emploi de représentant en costume-cravate, avec l'ordinateur portable et la mallette dont il rêvait. Les soirs, incapable de s'arrêter, il part donner un coup de main dans les pubs dont les propriétaires, trop heureux d'avoir quelqu'un à qui confier l'affaire, lui laissent les clés pour partir en vacances. Il jongle comme ça pendant quelques années, employé le jour et barman la nuit, dans les odeurs familières de son enfance, à changer les fûts et gérer les stocks. En fin de soirée, une fois les clients chassés, il s'assoit au bar pour sa seule bière de la journée, apaisé par les soupirs des tuyaux et le bourdonnement des frigidaires.

C'est peut-être là son seul regret : ne pas avoir ouvert son propre établissement. À l'époque, il s'inquiète de la concurrence des grandes franchises, qui décrochent les contrats les plus avantageux et récupèrent les bâtiments les plus en vue. Le secteur change, la rentabilité est incertaine. Il finit par enterrer le projet et se met en quête d'un nouvel appartement. En bordure de Gloucester, une annonce propose un bungalow à prix cassé qu'il peut louer en échange d'un mi-temps dans le funérarium voisin. Le logement est en surplomb d'une route passante, au bout d'une allée de gravier. De hauts conifères cachent les voitures sans en étouffer le bruit. Fin négociateur, Shane se propose d'être plutôt d'astreinte les soirs. Son premier mort sera un professeur de lycée, suicidé sur son lieu de travail, un homme de plus de deux mètres qu'il aura toutes les peines du monde à faire rentrer dans la housse mortuaire. De quoi finir de le désensibiliser au gore.

Shona

Mai 2023. The Guardian. *Selon plusieurs associations, les minima sociaux britanniques sont 140*[1] *livres inférieurs au coût minimum de la vie.*

Quelques semaines après notre dernier contact, je reprends des nouvelles de Shona. L'inactivité ne lui réussit pas. « Je travaille depuis que j'ai seize ans. Je n'ai jamais arrêté, sauf quand j'étais malade. J'ai besoin d'être utile et de bouger, sinon je suis comme un lion en cage », me raconte-t-elle en sortant de la supérette communautaire où elle est allée mettre les produits en rayon.

Au premier jour de vide, « une vraie boule de nerfs », elle est allée nager pour se détendre. Le lendemain, elle a confié ses enfants à son mari et a sauté dans le bus pour faire du bénévolat. Elle a répondu à toutes les annonces qu'elle a pu trouver sur les sites de recherches d'emploi, envoyé son CV et décroché deux entretiens pour la semaine prochaine.

1. 140 livres par mois, soit 35 livres par semaine.

L'angoisse monte déjà. À l'école, elle avait un stress des examens épouvantable au point de devoir prendre des médicaments. « Là, je me dis que je n'ai pas le choix. Ma famille compte sur moi. » Elle a préparé des questions sur les tenues à porter et le maquillage attendu pour se rassurer.

Un nouveau casse-tête se pose, administratif cette fois. Sa conseillère du centre d'emploi lui recommande de faire la transition entre les crédits d'impôts – les aides qu'elle reçoit actuellement – et le crédit universel, un nouveau système créé en 2013.

« Je ne sais même pas combien je vais toucher avec ça, s'inquiète Shona. Et le gros problème, avec le changement, c'est qu'il y a une période de carence de cinq semaines pendant laquelle on ne reçoit rien. Rien du tout. Pas même les allocations pour le loyer. »

Le « crédit universel » fait partie de la refonte des minima sociaux entamée dans le sillage de la crise. Une solution « tout-en-un » qui regroupe les aides existantes en un même versement. En parallèle, un délai est introduit avant la réception des aides, et des sanctions sont prévues en cas de rendez-vous manqué, de refus d'accepter un emploi, de licenciement pour faute… Deux éléments que des groupes parlementaires dénoncent immédiatement comme « un désastre total aux proportions extraordinaires », à l'origine d'« une indigence sponsorisée par l'État ».

Le projet a été lancé par le secrétaire d'État au Travail et aux Retraites, Iain Duncan Smith, un Écossais qui s'était rendu à quelques kilomètres de chez Shona, dans une autre banlieue de Glasgow, pour affirmer les larmes aux yeux qu'il avait compris les difficultés liées à la pauvreté. Une « épiphanie », racontent alors les journalistes qui l'accompagnent et font grand cas de son émotion. Celle-ci ne dure pourtant pas. De retour à Londres, l'homme fonde un think tank qui se range rapidement derrière ses postulats moraux et chrétiens et se met à expliquer la pauvreté infantile par le statut marital de leurs parents.

Au cours des années suivantes, « IDC » refuse de rencontrer les dirigeants du Trussell Trust, invente des statistiques et quitte le Parlement en plein débat sur la pauvreté alimentaire, quand il ne rit pas au nez de l'opposition qui tente de l'alerter. Il ne cache pas son ambition – déclencher un « changement culturel » – et n'accorde qu'une importance limitée aux détails pratiques. Peu importe les problèmes de santé, de logement ou de garde d'enfants qui peuvent paralyser les foyers, il sera celui qui aura mis fin à la culture de l'assistanat en modernisant le système d'aides. Couplées aux réductions budgétaires de l'austérité, ces mesures sont désastreuses.

À Morecambe, Jo m'avait expliqué qu'en 2016, sa région avait fait partie des zones de test préalables au déploiement national du crédit universel – toujours en cours au moment de ma visite, après des années de retards et de bugs. À l'époque, le délai d'attente entre la demande et la réception des aides s'élevait même à sept semaines. L'impact se fait très vite sentir. « Nous n'avions jusque-là qu'une armoire au fond de l'église, qui servait à dépanner les deux ou trois familles qui avaient besoin d'un coup de pouce. Du jour au lendemain, on s'est retrouvés à devoir stocker des conserves jusque sous les prie-Dieu. Ces dirigeants avaient créé quelque chose qui marcherait pour eux. Je les vois d'ici : que des jeunes gens brillants tout droit sortis d'Oxford et de Cambridge, autour de tables avec de belles nappes blanches, qui sirotent des tasses de bon café en se disant : "Bon, si on perd son emploi, on peut vivre sur son dernier mois de salaire, ses économies et avec un peu d'allocations." Ils n'ont pas pris en compte les contrats zéro heure, les violences domestiques, les handicaps et les multiples autres raisons qui font que les gens se retrouvent sans argent ou sans pouvoir travailler. »

Face aux protestations de certains députés, la période de carence est raccourcie et passe de sept à cinq semaines. Un prêt est proposé aux bénéficiaires : une sorte d'avance dont le montant est ensuite déduit des versements.

« Ils me l'ont proposé, confirme Shona. Je préférerais toutefois éviter d'y avoir recours. Le risque, c'est de devoir le rembourser à un moment où je n'aurai pas encore trouvé de travail. En attendant, je ne vois pas bien comment on va faire pour vivre sans rien. »

Dans ce nouveau système, le salaire n'a pas d'impact sur la somme reçue, mais les économies si – ceux qui ont plus de 16 000 livres de côté n'ont droit à rien. Jo a un temps été conseillère par téléphone, chargée d'aider les demandeurs à remplir les bonnes déclarations, son bureau encombré des lourds volumes de textes législatifs et guides pour naviguer le labyrinthe de l'aide sociale. « Le pire, grimace-t-elle, ce sont les personnes qui ont toujours travaillé et économisé et qui se retrouvent confrontées au système de minima pour la première fois. Ils pensent généralement qu'ils auront droit à beaucoup plus, et ça les met très en colère. Ce ne sont pas des discussions agréables à avoir. » Je fais rapidement le calcul en ligne : si j'étais employée à Londres et que je me retrouvais brutalement au chômage, j'aurais droit à 85 livres par semaine, assurance chômage comprise.

7 mai 2015. Manchester. Hollie, ma colocataire, est perchée sur le canapé du salon, les mains crispées autour d'un verre de vin. Le regard rivé sur la télévision, elle ne bouge pas d'un cil, tiraillée entre deux envies pressantes : celle de se coller le nez sur l'écran pour ne pas en perdre une miette contre celle de se tapir au fond des replis de cuir pour échapper au résultat qui se profile. Elle desserre les dents un instant pour gémir « pascameronpascameronpascameron... ».

Les premières estimations de sortie des urnes annoncent une nouvelle victoire des conservateurs, à la majorité cette fois-ci. Le comptage des voix se poursuivra toute la nuit et les dernières circonscriptions seront annoncées à l'aube, mais il n'y a déjà plus de doute : David Cameron, Premier ministre depuis 2010, vient d'être réélu pour un second mandat. Dans le bastion travailliste où nous vivons, la déception est palpable. « On sort boire un coup pour oublier ? » soupire Hollie, qui lance un dernier regard de reproche au présentateur de la BBC.

Cinq ans au pouvoir ont suffi à « Lucky Dave » pour s'attirer la détestation d'une partie de la population qui s'est retrouvée prise au piège de ses politiques d'austérité. Hollie, comme tous les étudiants, a vu ses frais universitaires tripler d'un coup lorsque l'État a limité son financement des facultés. Chaque année de licence lui coûte désormais 9 000 livres. Partout dans le pays, des centaines de centres publics Sure Start dédiés à la petite enfance ont fermé, malgré leur efficacité maintes fois prouvée. Les bibliothèques disparaissent. Les lignes de bus cessent et les musées réduisent petit à petit leurs horaires d'ouverture. Privées de budget, les autorités locales doivent s'adapter. Le secrétaire d'État aux Communautés en est d'ailleurs ravi et se vante d'« adorer » éteindre les lampadaires, avant que la police ne lui demande d'en rallumer quelques-uns dans sa circonscription après une recrudescence des cambriolages. Petit à petit, le niveau de vie recule et le malaise grandit.

Les économies sont d'abord faites dans les secteurs les moins visibles, sur les portions de la populations les moins à même de voter ou de se rebeller. Les prisons, les tribunaux et les centres communautaires sont touchés en premier. Tant que les hôpitaux et les écoles tiennent bon – avec des budgets gelés, mais pas encore réduits – le gouvernement peut prétendre que les coupes sont nécessaires. Pour faire passer la pilule, les taxes sur le bingo ou la bière sont allégées afin de « permettre aux gens qui travaillent dur de faire davantage des choses qu'ils aiment ». Un cadeau révélateur de l'image qu'ont les conservateurs des loisirs de la *working class* : déformée et teintée de mépris.

Pendant que nous nous préparons, la télévision continue de commenter les scores des conservateurs. Ils recueilleront en tout plus de 66 % des voix. Pendant la campagne, aucun des grands partis n'a remis en question la nécessité de l'austérité, pas même le Parti travailliste, heurté par sa dernière défaite, qui ne jure désormais que par la responsabilité fiscale. Hollie fulmine face aux visages souriants des gagnants, qui promettent d'organiser un lointain référendum sur l'appartenance à l'Union européenne. Sur le moment, je n'ai pas d'avis tranché sur Cameron et son gouvernement, qui ne me semble ni meilleur ni pire qu'ailleurs en Europe. C'est en relisant a posteriori le chapelet de mesures prises par cette administration que je comprends la colère de ma colocataire et celle de la centaine de milliers de manifestants qui descendront dans la rue, les semaines suivantes, pour protester contre le résultat de l'élection et la nouvelle vague d'austérité. Certaines sont d'une cruauté presque absurde.

*

Dans sa hâte d'« éponger la dette » et de « rétablir l'équilibre » budgétaire – dette comme déséquilibre engendrés par la crise financière de 2008 et le sauvetage des banques –, le Royaume-Uni s'est engouffré dans la plus ambitieuse réforme de l'aide sociale depuis l'après-guerre. Les premiers coups avaient été portés par Margaret Thatcher à partir de 1979, à travers une série de coupes budgétaires dans les services publics, des mesures visant à limiter les pouvoirs des syndicats, et la privatisation de secteurs tels que les télécommunications et l'eau. « La société n'existe pas », assurait-elle alors, encourageant l'individualisme et les entreprises. Ses successeurs, qu'ils soient conservateurs ou travaillistes, ne sont pas revenus sur ces décisions.

Sous David Cameron, un des premiers électrochocs est le Welfare Reform Act de 2012, la loi relative à la réforme de la protection sociale. Celle-ci instaure notamment la « Bedroom Tax », une taxe sur les chambres inoccupées, qui a pour but de diminuer les aides reçues par les locataires de logements sociaux en cas de sous-occupation. Le projet vise officiellement à mettre fin à « une situation injuste, par laquelle le contribuable subventionne des individus pour qu'ils disposent de maisons payées par l'État, avec des chambres d'amis dont ils n'ont pas besoin ». Une série de règles sont édictées qui définissent le nombre de personnes idéal par logement : compter une chambre par couple ou par personne de plus de seize ans ; les enfants de moins de seize ans n'ont droit à leur propre chambre que s'ils sont de sexe différent ; et tous ceux de moins de dix ans devront partager.

Outre l'arbitraire de ces directives, la mesure omet un détail : dans les années 1980, le gouvernement de Margaret Thatcher a permis aux locataires d'acheter leurs logements sociaux à des prix ultra-compétitifs. Plus de deux millions de HLM ont disparu du marché, limitant de fait l'offre en petits appartements. Les ministres de Cameron pensent libérer des logements pour les familles en poussant dehors ceux dont les enfants sont déjà partis : ils ajoutent en réalité une pression supplémentaire à des locataires, parfois retraités, parfois handicapés ou au chômage, qui n'ont pas d'autre option que de rester en touchant moins d'aides.

Parmi les autres éléments de la loi de 2012, on trouve aussi le fameux crédit universel, qui s'accompagne d'un plafonnement du montant total des aides que peut recevoir un foyer, quels que soient sa taille ou ses besoins. Celui-ci est d'abord fixé à 26 000 livres par an, puis réduit à 20 000 (23 000 à Londres). D'autres projets mettent fin à l'allocation de maintien dans l'éducation encourageant les jeunes de familles défavorisées à poursuivre leurs études, réduisent les pensions d'invalidité, ou gèlent des salaires dans le public…

Aux premiers jours de l'austérité, la journaliste Mary O'Hara a traversé le Royaume-Uni pour rencontrer les Britanniques en première ligne de ces coupes budgétaires. « Il y avait alors tant de changements, qui arrivaient de manière si graduelle, qu'à certains moments, on avait l'impression de perdre le fil, se rappelle-t-elle depuis les États-Unis, lors d'un entretien téléphonique. Au cours de mes interviews, une évidence est assez vite apparue : ce qui se préparait allait anéantir des millions de personnes, des communautés entières, les services sociaux, les services publics en général et l'éducation. Et malgré cela, j'avais l'impression que le pays ne comprenait pas la gravité de ce qui allait se passer. »

Ce n'est pas le contenu des réformes qui l'a choquée. Ni la taxe sur les chambres, ni le plafonnement, les restrictions ou les sanctions. « J'ai vécu les années Thatcher donc je n'étais pas étonnée, explique-t-elle. Non, ce qui me semblait extraordinaire, cette fois, c'est que nous étions sur le point de nous embarquer dans ce projet malgré les avertissements venus de l'étranger qui nous assuraient que la pire chose à faire en temps d'incertitude financière généralisée serait de détruire notre filet de sécurité et de fragiliser les plus vulnérables. Ça n'avait économiquement aucun sens. À l'époque, j'avais prévu le pire, souligne-t-elle. Et j'étais pourtant loin, très loin du compte. »

Shona

Avril 2023. Huw Pill, économiste de la banque d'Angleterre, affirme dans le podcast « Beyond Unprecedented : The post-pandemic economy » *qu'il y a au Royaume-Uni « une réticence à accepter que oui, nous sommes tous moins bien lotis qu'avant ».*

Le match de football du week-end a été annulé à cause de la météo. Les enfants passeront leur samedi à la maison. « Ce sera jeux de société, parce que tout l'argent est parti dans le chauffage. » Au téléphone, Shona est enthousiaste. Elle a reçu deux offres d'embauche après ses entretiens et vient d'accepter la première. « C'est un poste de mise en rayon et de la vente, quinze heures par semaine, uniquement le week-end et en horaires décalés. Je n'ai jamais fait ça, mais pourquoi pas ! Ça me permettra de profiter un peu plus des enfants pendant la semaine. » Elle travaille désormais de 5 heures à 13 heures, ou de 13 heures à 21 heures, et espère que cette fois, ce sera un emploi permanent.

La zone industrielle, près de l'aéroport, est un peu excentrée. Sept kilomètres porte à porte, une dizaine de minutes en voiture, mais environ une heure en bus. « Sauf qu'à 4 heures du matin, il n'y a pas encore de transports en commun ! » Elle a négocié avec son employeur le remboursement de la moitié de son trajet. Le premier matin, il a oublié de commander le taxi et elle s'est retrouvée devant sa porte, à poireauter dans le noir, avant d'appeler ses parents, paniquée. « Si je ne pointe pas à l'heure, je ne suis pas payée. » Pour le retour, elle espère avoir droit à une carte de bus gratuite, mais la demande coince : ses fiches de paie, sur une application mobile, ne montrent que ses initiales et on lui réclame toujours de nouveaux justificatifs d'identité, à renvoyer chaque mois.

À la maison, Shona a fini par accepter le crédit universel et la transition s'est faite sans trop d'encombres. « Toute ma prime de fin de contrat y est passée. Par contre, ils ont demandé à mon mari de prouver qu'il était bien malade. C'est ridicule ! Il ne peut plus travailler depuis 2018 : il est allé à un de leurs rendez-vous et n'a même pas été capable de me raconter la conversation à la fin de la journée. » La prochaine fois, elle enverra son fils avec lui, mais en attendant, il ne reçoit pas ses allocations handicap. « C'est injuste, c'est son argent pour pouvoir se déplacer, et on s'en sert surtout pour les enfants. Honnêtement, quand je vois ces obstacles, je comprends presque pourquoi certains refusent de demander les aides et se retrouvent sans rien du tout. »

La chasse aux fraudeurs est un leitmotiv de toutes les campagnes législatives, et pas seulement du côté des conservateurs – c'est Gordon Brown qui proposait de faire passer les demandeurs au détecteur de mensonges, et Keir Starmer, qui deviendra Premier ministre en juillet 2024, insistera sur la nécessité de « renforcer l'efficacité » de l'utilisation des ressources pour économiser jusqu'à 1,6 milliard d'allocations sur les cinq ans de son mandat. Pourtant, les chercheurs estiment que 21 millions de foyers ne réclament pas les allocations auxquels ils ont droit chaque année, pour un total de 19 milliards de livres. En cause : les systèmes trop contraignants, trop compliqués, le stress qui accompagne les démarches, l'impression de ne pas y avoir droit, ainsi que le sentiment de honte et d'illégitimité qui accompagne désormais le recours à l'aide sociale, renforcé par un discours médiatique et politique culpabilisant.

Du haut de l'esplanade du parc de Greenwich, le général James Wolfe a l'une des meilleures vues de Londres. À l'abri sous son tricorne de bronze, il contemple la Tamise couleur thé qui s'écoule au pied des sièges sociaux de banques internationales. Il ne prête aucune attention aux touristes qui s'assoient sur son socle ni à ceux qui se prennent en photo de part et d'autre du premier méridien, point exact de la longitude zéro.

Face à lui s'étalent côte à côte les quartiers les plus riches et les plus pauvres du pays. Le centre d'affaires de Canary Wharf, où le salaire d'entrée est trois fois plus élevé qu'ailleurs, collé aux cités de Tower Hamlets et à ses déserts alimentaires[1], dans lesquels la moitié des enfants grandit dans la pauvreté. Hautes tours de verre face aux alignements de maisonnettes de briques rouges aux toits pentus. Une ligne de métro aérien passe entre les deux,

1. Espaces géographiques où les habitants n'ont pas accès à des produits alimentaires sains à des prix abordables.

doublée d'une voie rapide, comme pour souligner l'interdiction tacite de passer de l'un à l'autre.

Si Wolfe levait la tête, il pourrait compter les avions qui passent au-dessus de lui et transportent leurs passagers vers les six aéroports de la ville. Plus près, les quatorze gares ferroviaires recrachent leurs flots de touristes et de locaux. À tout moment maintenant, Olivier De Schutter devrait poser le pied dans la capitale. C'est un des experts indépendants de l'ONU, un Belge aux petites lunettes ovales venu dire aux Britanniques que leurs niveaux de pauvreté violent les lois internationales de protection des droits humains.

Comme bien d'autres chercheurs, associations, économistes et journalistes avant lui, De Schutter entend lever le voile sur le désastre social qu'est devenu le Royaume-Uni. Pendant sa visite, il collectera les récits dramatiques et tragédies individuelles, pour conclure, en chœur avec les autres, que toutes ces souffrances étaient en réalité parfaitement évitables.

Ce même jour, je mène un entretien téléphonique avec un de ses prédécesseurs : l'Australien Philip Alston, spécialiste du droit international et de la grande pauvreté, un expert connu pour ses comptes-rendus détaillés et pour ne pas mâcher ses mots. Lui est venu enquêter en novembre 2018, au cours d'un mois particulièrement pluvieux, même pour l'Angleterre. Le général Wolfe était déjà au rendez-vous sur sa colline.

Alston prend l'appel depuis son bureau de New York, une pièce aux murs couverts de livres. Il a installé son ordinateur près de la fenêtre et sa caméra réajuste la lumière à chaque nuage qui passe. Les rapporteurs de l'ONU sont libres de choisir les pays sur lesquels ils veulent écrire, et c'est donc lui qui a décidé d'enquêter sur la pauvreté au Royaume-Uni après avoir vu *Moi, Daniel Blake*, intrigué par ce système d'aides qui semble enfoncer les Britanniques dans la précarité plutôt que de les en sortir.

Le film de Ken Loach a remporté la Palme d'Or à Cannes en 2016. Il déroule en cent minutes une histoire d'une triste banalité : Daniel, un charpentier qui approche la soixantaine, doit cesser de travailler après un accident cardiaque. L'administration refuse de le croire et lui demande de fournir toujours plus de documents. Il rencontre Katie, mère célibataire nouvellement arrivée en ville, dont les aides viennent d'être suspendues après qu'elle est arrivée en retard à un rendez-vous.

Déjà difficile, le film devient insoutenable lorsque Katie, qui a sauté plusieurs repas, craque dans les rayons d'une banque alimentaire et ouvre la première conserve qui lui passe sous la main. Elle avale les haricots à même la boîte et s'effondre en larmes, mortifiée. « J'ai l'impression d'être en train de sombrer », sanglote-t-elle sur l'épaule d'un Daniel désemparé. Les bénévoles réagissent avec calme et lui préparent une boisson chaude : elles ne sont ni actrices ni au courant de cette partie du script et confieront plus tard qu'une scène similaire s'était récemment produite dans la banque alimentaire qu'elles tiennent dans la réalité.

En onze jours au Royaume-Uni, Alston a rencontré des centaines de personnes, des plus précaires aux plus influents, depuis les centres du pouvoir jusqu'aux salles des fêtes reculées de bourgades tristes. L'une d'elles, Jaywick-on-Sea, a gagné le surnom de Misère-sur-Mer. La pauvreté y est si visible, entre ses bungalows de vacances devenus résidences principales et sa poignée de boutiques défraîchies, qu'un groupe de républicains américains a choisi une de ses rues pour illustrer une campagne pro-Trump en 2018, brandissant le spectre d'un futur démocrate qui ne serait que « saisies, chômage et récession économique » pour faire peur aux électeurs. Depuis, les habitants de cette circonscription ont voté pour être représentés à la Chambre des communes par Nigel Farage, le chef du parti populiste d'extrême-droite Reform UK.

Dans ces décors fanés, ce sont toujours les mêmes histoires de dépressions, d'accidents et de maladies, ou de petites galères dans un quotidien déjà tendu qui forcent les Britanniques à fréquenter les banques alimentaires et les privent de gaz et d'électricité. Dans une rencontre ouverte au public qu'il tient à Jaywick, Alston discute avec une ancienne journaliste atteinte d'un problème neurologique, dont la santé déclinante a entraîné sa famille à la limite du sans-abrisme. Il y a aussi Rob, un infirmier qu'une maladie chronique a contraint à s'arrêter de travailler, et Steve, conseiller en emploi qui a envisagé le suicide pour échapper à ses dettes. Lorsqu'il quitte le pays au terme de sa visite, Alston est convaincu d'une chose : au Royaume-Uni, la pauvreté est un choix politique.

*

La sortie du rapport fait grand bruit. Des milliers d'articles sont publiés en réaction. Trois mercredis de suite, la session parlementaire des questions au Premier ministre s'ouvre sur ce sujet. Puis le Brexit réapparaît dans l'actualité. Certains refusent d'entendre. Le chancelier de l'Échiquier, Philip Hammond, « n'accepte pas du tout » les conclusions « absurdes » de l'ONU et « rejette l'idée selon laquelle un grand nombre de personnes font face à une pauvreté extrême dans ce pays ». « Regardez autour de vous, ce n'est pas ce qu'il se passe », affirme-t-il avec aplomb.

Un choix politique. J'ai déjà vu cette phrase sur des affiches, dans des manifestations. Je l'ai souvent prise comme un slogan lancé sous le coup de l'émotion, la traduction en trois mots d'injustices difficiles à vivre, plus que comme une accusation sérieuse. Dans la bouche d'un ancien rapporteur de l'ONU, elle est glaçante. Alston s'explique : « Avant ma visite, il y a une chose dont je n'avais pas conscience : à quel point ce à quoi on assiste a été sciemment conçu par les politiques gouvernementales. Jusqu'à mon arrivée au Royaume-Uni, je pensais qu'une grande partie de ces mesures avaient été générées par de véritables pressions économiques. Mais non. Elles sont motivées par l'idéologie plutôt que par l'économie. Ce qu'on a pu percevoir comme des "lacunes" ou des "erreurs" dans la réforme du système de minima sociaux est en réalité la conséquence prévisible d'un programme. C'est une manière de mettre en œuvre une certaine vision idéologique de ce que devrait être l'aide sociale et de la manière dont elle devrait être vécue. » Car c'est au fond ce qui ressort de chacune de ces politiques : l'austérité qui visait à faire baisser la dette a échoué. Ses motivations n'ont jamais été économiques.

Diana

2014. BBC Radio Stoke. Edwina Currie, députée conservatrice : « Je suis très perturbée par le nombre de personnes qui utilisent des banques alimentaires mais pensent qu'il est normal de payer pour nourrir leur chien [...], qui ne prennent jamais le temps d'apprendre à cuisiner, ne savent pas gérer leur argent et qui, dès qu'elles ont un peu d'économies, vont se faire faire un autre tatouage. »

1974

La Seconde Guerre mondiale a laissé dans l'East Anglia une collection de bases militaires américaines. Les GI se sont installés dans la région, plate, rurale et proche des côtes européennes, pour participer à l'effort de guerre contre l'Allemagne nazie. C'est « l'invasion amicale » qui bouleverse tout sur son passage. Les paysages changent pour accommoder les avions, les Anglais apprivoisent le Coca-Cola et le swing, et les femmes se font belles avant de prendre le bus qui les emmène à la caserne pour écouter du jazz. Jaloux, les gars du coin regardent passer le « chariot à viande » en ricanant. Elles s'en fichent, rêvant d'ailleurs face à ces beaux soldats qui leur parlent du Nouveau Monde et retirent leur alliance avant de les embrasser. Dans les années qui suivent le conflit, les Américains continueront de venir et de repartir au gré des mutations, laissant derrière eux une flopée de bébés binationaux et de mères célibataires en galère. Un secret de Polichinelle dans une région qu'on surnomme la Petite Amérique.

Emma s'est retrouvée là par accident. Londonienne, elle a suivi sa mère, malade et veuve, pour lui donner un coup de main au moment de se réinstaller dans la région. L'Américain n'était qu'un égarement, une petite erreur de parcours à une période compliquée. Après tout, n'a-t-elle pas le droit, elle aussi, de se sentir désirée ? Ils se sont rencontrés dans une de ces boîtes de nuit où les soldats viennent fréquenter les Anglaises. Quand elle lui annonce qu'elle est enceinte, le beau parleur se fait rapatrier. Furieuse, elle lui envoie une lettre d'insultes, range sa photo dans une boîte au fond d'un placard et tente de l'oublier. Elle accouchera d'une petite fille brune aux sourcils arqués. Diana.

Le conseil municipal la place dans une de ces cités où échouent les femmes sans homme. Elle récupère un pavillon à la façade d'acier peinte en bleu, où Diana grandit avec un frère et un chat et se passionne vite pour les chevaux. Un lierre d'Irlande pousse au fond de la cour. Le quartier est près de la forêt, mais loin du reste, avec ses trois pubs et son unique supermarché. Emma aimerait travailler, mais personne dans la région n'embauchera une inconnue, encore moins une mère seule.

Pour couper court aux ragots, elle enfile une bague à l'annulaire quand elle sort. Elle se prétend veuve. Le gouvernement du moment fustige les mères célibataires et leur reproche d'être la cause de la délinquance juvénile, de la pénurie de logements, voire de l'effondrement de la société. À les entendre, on croirait presque qu'elles forment une guérilla organisée qui cherche à déstabiliser l'État et le pouvoir en place. Des élus conservateurs demandent qu'on les loge dans des auberges plutôt que dans les HLM. Le secrétaire d'État au Pays de Galles, pas même fichu de chanter l'hymne officiel de la nation, dénonce « la mode, dans certains endroits, qui veut que les jeunes femmes aient des enfants sans intention apparente d'essayer le mariage ou une relation stable avec le père ». S'il savait…

Elle inscrit Diana dans la seule école du quartier, un établissement public où l'éducation se dispense au rabais. Impossible d'aller ailleurs : il faudrait passer des examens auxquels la petite n'a pas été préparée, ou payer le trajet jusqu'au centre-ville. Parfois, elle l'emmène avec elle faire le ménage dans les maisons des quartiers chics, où des docteurs et universitaires la paient en liquide. Elle époussette et frotte les vitres, pendant que Diana passe des heures plongée dans les livres de voyage et les instruments de musique. Dans leur partie de la ville, il n'y a ni violon, ni guitare, ni théâtre, ni atlas. Tout juste des manuels scolaires qui tombent en miettes et qu'on n'a pas le droit de ramener chez soi. Un jour, une des propriétaires installe l'enfant devant le piano et lui apprend à jouer quelques notes.

Été 1989

Diana referme sa copie, croise les bras et s'enfonce sur sa chaise. Au-dessus de l'estrade, dans la salle étouffante, l'horloge indique qu'il reste une demi-heure avant la fin de l'examen. La surveillante ne lui prête aucune attention. La pièce décline toutes les teintes de marron – sur les chaises, les murs et les rideaux d'un décor de théâtre qui prend la poussière, inutilisé depuis des années. La moitié des élèves n'a pas pris la peine de venir aux épreuves scientifiques. Elle ne les blâme pas, déjà certaine de les avoir ratées : dès les premières lignes, elle s'est rendu compte que la plupart des problèmes n'avaient pas été abordés en classe. Malgré ses efforts, elle sortira du collège sans son brevet.

À chaque minute qui passe, sa frustration s'accroît. Ses oreilles bourdonnent d'un mélange de rage et d'amertume. Cet échec n'est pas le sien. Elle vaut mieux que ça, et elle le prouvera. Quand la sonnerie retentit, elle se sent comme poussée dehors, lâchée sans parachute dans un monde qui ne veut pas d'elle. Elle récupère son vélo derrière l'école et retourne prendre son poste à la supérette, faire les inventaires et servir des clients mal aimables qui la regardent de haut.

*

Le collège est détruit peu de temps après les examens. Diana épuise sa colère adolescente dans les larges plaines qui entourent la cité. Polly, la jument blanche qu'elle a achetée avec ses économies, lui donne une raison de s'accrocher. Les fermiers du coin lui ont prêté un bout de champ ; ils aiment son enthousiasme et la paient correctement pour ramasser des fruits. Elle se raccroche à leur pragmatisme.

Un établissement de la région lui propose des cours d'informatique. Elle rattrape son retard, passe des équivalences et travaille dans les usines de chips ou de moutarde, et à la blanchisserie de l'hôpital. Une mission d'intérim l'envoie chez un riche hôtelier, un homme énorme qui lui dicte ses mémoires dans un bureau couvert de photos de célébrités – c'est qu'il fréquente le gratin londonien. Le jour où elle rend la version finale après avoir travaillé tous les soirs pour la remettre au propre, il refuse de signer la fiche qui lui permet de se faire payer. British Telecom finit par l'embaucher après un stage. Au bout de quelques années, quand elle demande à devenir technicienne pour installer les lignes téléphoniques, on la remet à sa place. Pour les femmes, c'est secrétariat ou rien.

1996

Après les années grises de Margaret Thatcher et John Major, un vent de renouveau souffle sur l'Angleterre. Un raz-de-marée travailliste se prépare. Emma et Diana ont affiché le tract « Labour » à la fenêtre. Deux ados de Manchester en veste Adidas, la gueule de travers et les sourcils en broussaille, plaquent des paroles naïves sur les trois accords qu'ils connaissent. Ils chantent les mains croisées dans le dos, le menton en avant, avec l'air de s'en foutre royalement, et emportent des stades entiers. Le Royaume-Uni est à nouveau cool ; Londres se fait capitale de la modernité. À l'approche du nouveau millénaire, l'Angleterre devient supersonique.

Le gouvernement de Tony Blair a un mantra : « Éducation, éducation, éducation. » Les universités deviennent gratuites. Diana quitte le Norfolk, sa région si plate que le ciel y paraît plus vaste qu'ailleurs, où les couchers de soleil durent des heures, pour la côte grise de Lancaster. Elle empile ses affaires dans sa voiture et suit le van qui emmène sa jument à l'autre bout du pays. Son avenir l'attend dans le Nord-Ouest, à 450 kilomètres de là où elle a grandi. Quand elles font une pause sur l'autoroute, Polly passe le nez entre les barreaux et la regarde, l'air interrogateur. Elle la rassure. « On va s'en sortir. »

À vingt-deux ans, elle fait partie des plus âgés de sa classe d'étudiants en philosophie. Pour sa première année d'université, elle loue une chambre chez un couple de retraités et gagne sa vie en faisant le ménage dans un supermarché avant l'ouverture. Elle rencontre Paul. Ils sont en voyage en Grèce, sur le ferry, quand une douleur aiguë à la jambe lui fait couper court à l'aventure. On lui diagnostique une thrombose profonde, une anomalie génétique, qui – elle en est convaincue – ne se serait peut-être pas déclenchée si vite si elle n'avait pas passé tant d'années debout à l'usine. Elle reste alitée pendant des mois avant de pouvoir reprendre les cours.

2002

Diplôme obtenu avec mention, Diana postule dans un rayon de vingt kilomètres à la ronde, prête à se former, à se reconvertir et à se déplacer. Au bout d'un an et de dizaines d'entretiens lors desquels son parcours inhabituel provoque toujours la même suspicion, elle décroche un emploi d'aide à domicile. C'est un de ces contrats « zéro heure » qui se généralisent. Une sorte d'auto-entrepreneuriat déguisé : elle doit être disponible à tout moment pour accepter les missions si son employeur décide de lui en confier.

Elle s'occupe d'une ancienne infirmière qui lui parle du Londres de la guerre et des femmes qu'elle a vu mourir en couches, à l'époque où les médecins fumaient au bloc. Une sage-femme à la retraite lui raconte la misère des filles dans le Nord, qui n'avaient jamais assez de lait pour leurs bébés. Diana lève, nettoie, sert, apaise et repart, en vélo le plus souvent, pour économiser. Lorsque les visites sont annulées, elle n'est pas payée. Lorsque les patients partent en maison de retraite, ils ne sont pas remplacés. Quand leur famille décide de s'occuper d'eux, elle n'est pas consultée. Ses vingt-huit heures par semaine baissent à dix-huit, parfois à douze. Une fois, elle n'en a fait que sept. Quand elle demande à passer une formation diplômante pour être mieux payée, son manager cesse de l'appeler.

2023

Vingt ans plus tard, Diana range les jouets qui traînent dans le salon en quelques gestes experts. « Les enfants et le plastique, c'est comme des aimants – ça s'attire irrésistiblement », sourit-elle. Je suis revenue à Lancaster au milieu des vacances scolaires. Nous nous installons à la table de son salon avec Isla, sept ans, qui entreprend de recouvrir la coque de mon portable de gommettes colorées.

La maison est étroite, les murs couverts de dessins au feutre. Chaque recoin, chaque surface est occupée par des boîtes ou un empilement de livres et d'objets du quotidien. Tenir à dix dans un cinq-pièces relève du Tetris. À l'étage, les enfants se répartissent sur des lits superposés dans les deux plus grandes chambres. Dans celle des garçons, Diana m'a montré la profonde fissure qui déchire le mur, juste au-dessus du radiateur. « C'est du bâti des années 1910, pas trop cher, mais il faut entretenir – on refait petit à petit », explique-t-elle. Il faut frotter chaque semaine les taches d'humidité avec un spray à la javel. Elle a accroché aux murs des messages positifs et citations de films, et Paul finit d'aménager le garage pour offrir aux aînés leur première chambre d'ados. Pour elle qui a grandi dans les logements sociaux, toujours décorés avec soin par sa mère, mais sans jamais vraiment se sentir le droit de se projeter, cette maison est un refuge, une sécurité.

Isla se lève pour aller chercher des clémentines. Diana souffle sur son thé pour le faire refroidir. « Dans ma famille, je représente la troisième génération de femmes à qui on a refusé une éducation et l'opportunité de s'élever socialement, soupire-t-elle. Et quand je vois mes enfants, à qui on ne propose que des contrats précaires ou zéro heure, je me dis que ça n'est pas près de changer. À mon époque, on nous éduquait juste assez pour nous faire entrer à l'usine ; maintenant qu'elles ont fermé, on nous éduque juste assez pour entrer dans les emplois de services non qualifiés. »

Elle pensait que son diplôme universitaire serait suffisant pour se construire une vie meilleure. « Je suis allée à l'autre bout du pays pour avoir davantage d'opportunités que dans le Norfolk, mais on me demande toujours plus de preuves, de qualifications. J'arrive aux entretiens avec un classeur entier d'expériences et de formations, et ce n'est jamais suffisant. » Face aux rejets, elle refuse de se laisser abattre et se braque de plus belle. Sa rébellion est sa famille. « Ça doit être dans mon ADN, s'amuse-t-elle, comme je suis à moitié américaine et que j'ai voyagé. Je sais que les choses n'ont pas à être comme ça, que d'autres pays font mieux les choses, avec moins de moyens. »

Voilà les enfants qui descendent les uns après les autres pour le déjeuner, embrumés par le changement de rythme des vacances. Ils forment un tableau amusant, à la queue leu leu dans la cuisine pour récupérer les tartines que Diana leur confectionne, puis piochant l'un après l'autre une boisson et un fruit, et avant de s'installer, les plus grands surveillant les plus petits dans un rituel bien rodé.

*

Les assiettes terminées et ramassées, les petits choisissent leur vélo dans la pile qui rouille sous le fil à linge, au fond du jardin, et s'en vont au parc en file indienne. Ils nous apportent des poignées de feuilles mortes et de cailloux polis et tournent en cercle sur un terrain de basket désert, ravis de nos encouragements. J'ai un peu honte, mais je finis par poser la question, celle dont la presse à scandale et les derniers gouvernements nous murmurent la réponse à l'oreille, au point qu'on ne sait plus quoi croire. « Avoir des enfants, c'était pour les allocations ? » Diana ne s'offusque pas. « Non, pas du tout. Quand j'ai eu ma première fille, je ne savais même pas que j'aurais droit à quoi que ce soit, c'est l'assistante sociale qui me l'a dit plus tard. Et je ne reçois rien non plus pour mes derniers, avec les plafonnements d'allocations. Ma philosophie, c'est simplement de laisser faire la nature. » Elle attrape le bouquet de feuilles et sonne l'heure du départ. Après tout, je connais au moins une autre personne qui a huit enfants, si ce n'est plus : Boris Johnson. Et personne ne lui demande s'il les a eus pour toucher plus d'argent.

Harry, le militant du droit à l'alimentation que j'ai rencontré au musée du cinéma, ouvre la porte du local qu'il tient à la disposition des gens de son quartier. J'ai à peine le temps d'en passer le seuil qu'il a déjà attrapé son chapeau et sort, m'enjoignant de le suivre. Il a perdu une dizaine de kilos depuis la dernière fois que je l'ai vu – un effet secondaire de son traitement contre le cancer, ce qui ne l'empêche pas de me distancer d'un pas bondissant.

Frustré par la lenteur des progrès, il a laissé tomber le militantisme et se contente de distribuer des repas à ses voisins. Il habitait déjà ici quand les docks de Londres étaient au pic de leur activité et qu'on voyait les mâts des bateaux dépasser d'entre les balcons. Les bons jours, il se contente de se promener sur les traces du passé, pointant les rails des anciennes grues, le bassin à moitié comblé dans lequel il est déjà tombé ivre mort, ou les tombes de capitaines qui, promet-il, sont juste là en bordure du parc, cachées sous d'épaisses couches de lierre. Il se replonge avec délice dans ses souvenirs d'un port si rempli de bateaux qu'on le traversait en sautant d'un pont à l'autre, à voler des bouteilles dans les réserves des navires revenus de l'Est, ou à fumer de l'herbe avec les Américains – et une fois, même, un vrai Amérindien – en écoutant du blues. Les mauvais jours, il peste contre la ligne de métro qui relie depuis une vingtaine d'années son quartier au centre-ville et a fait exploser les loyers, alors que des tours de plus en plus hautes encerclent son lotissement. « Les riches d'un côté, les pauvres de l'autre », se désole-t-il en regardant passer les joggeurs en baskets fluo.

En une quinzaine de minutes, nous arrivons dans un hall d'immeuble éclairé au néon. La pièce est en effervescence. Une poignée d'associations ont monté des stands pour tenir une sorte de permanence d'urgence, et tous semblent manquer de mains face aux longues files qui se forment. Clairement, ils ne s'attendaient pas à ce qu'autant de monde vienne. Harry salue quelques élus et disparaît de ma vue. Dans un coin, je vois une femme d'une trentaine d'années remplir en majuscules un questionnaire de satisfaction – par la négative, à en juger par la brièveté de ses réponses. Elle dénote, avec son bombers de couleur vive et sa coupe à la garçonne. À califourchon sur ses épaules, son fils observe les allées et venues. Elle se tourne vers moi, l'air contrarié, puis se détend lorsqu'elle voit que je n'en ai pas après son stylo.

« Une fois qu'on quitte un emploi pour avoir des enfants, il est extrêmement difficile d'en retrouver un, commence-t-elle en plaquant la feuille sur une table d'un geste brusque. À moins d'avoir une famille disponible pour les garder, ou les moyens de payer une crèche, on se retrouve bloquée jusqu'à ce qu'ils soient en âge d'aller à l'école. »

Tout un volet des politiques d'austérité porte en effet sur les familles. Sentant que l'appétit pour les coupes budgétaires s'était tari, Theresa May, qui prend en 2016 la relève de David Cameron pour tenter de négocier un accord de Brexit, affirme d'abord qu'elle a entendu la douleur des Britanniques et que l'austérité fait partie du passé. Peu après, elle plafonne pourtant les allocations familiales à partir du second enfant, dans le but de promouvoir « la responsabilité personnelle » et le retour à l'emploi. Plusieurs exceptions sont prévues, en cas de naissance gémellaire ou de grossesse liée à un viol, à condition d'être en mesure de prouver que le rapport était non consenti. Gemma a perdu son poste de coiffeuse à la naissance de son premier enfant et a tout essayé depuis : les cours à la maison, les formations en ligne, les diplômes gratuits…

« À un moment, j'ai réussi à décrocher un poste de technicienne auprès d'une entreprise d'ascenseurs. J'étais même assez douée là-dedans. Mais chaque soir, je me retrouvais à traverser le parc en sprintant pour arriver à l'heure à la crèche. Pour chaque retard, ils me faisaient payer une amende. »

À première vue, cette posture peu favorable aux enfants peut surprendre de la part d'un parti qui s'est toujours posé en défenseur des valeurs traditionnelles et de la famille. Elle s'explique en termes moraux : ceux qui veulent une famille nombreuse n'ont qu'à travailler davantage. Dans la logique qui prévaut à partir de 2010 et met l'accent sur les économies et les efforts à faire pour rétablir l'équilibre des dépenses publiques, les enfants ne sont plus des individus que l'État doit protéger, chérir et éduquer, mais un caprice consumériste de la part de parents qui ne se posent pas la question de s'ils peuvent se permettre la dépense ou non.

Gemma s'énerve, son fils babille. Les Britanniques qu'il faut remettre au travail ? C'est elle. Les familles trop nombreuses pour mériter des allocations ? C'est la sienne : une mère célibataire et trois fils en bas âge, nés après les changements apportés au système d'aides sociales. « On nous reproche constamment d'avoir droit à des aides et à la cantine gratuite – c'est ce que m'a dit mon ex en partant sans me verser de pension alimentaire. Mais on ne peut pas s'en sortir avec ça. Je ne veux pas avoir l'air de demander trop, mais pour quelqu'un qui n'a que 700 livres par mois, que le litre de lait passe de 0,90 £ à 1,50 £, ça fait une grosse différence. Le résultat, c'est qu'il ne faut rien faire pour soi. Ne pas acheter de télévision par exemple. Mais qui va vivre sans télé ? Qui va passer sa journée à regarder le mur ? C'est pareil pour les téléphones. Quand on touche des allocations, il faut pouvoir vérifier son compte en ligne, et donc avoir un smartphone.

Si on n'a pas de crédit et qu'on rate un appel, ils nous coupent les aides. On est beaucoup à être prisonniers de ce fonctionnement, alors qu'on préférerait juste travailler. »

De la fenêtre de sa maisonnette – un logement social dans lequel elle a atterri après avoir enchaîné les appartements insalubres et les auberges miteuses –, elle peut voir des hommes en costume et attaché-case en chemin pour le bureau. Elle s'imagine ce que ça ferait, d'avoir 10 000 livres sur son compte, elle qui ne se souvient pas de la dernière paire de chaussures neuves qu'elle s'est offerte. Quand elle emmène ses fils au parc, ils jouent parfois avec les enfants de voisins médecins. « Je me retrouve là, assise sur un banc près d'eux, avec mes cheveux que j'ai coupés court pour ne pas dépenser en shampoing et mon visage déjà marqué à trente ans, et je me demande ce que j'ai raté. Plus j'y pense, plus je me dis que ce n'est pas moi, pas non plus une question d'éducation, mais simplement le fait d'être née au bon endroit. »

*

Je retourne voir Harry le mercredi suivant. À nouveau sur le départ, il me fait monter dans sa voiture et démarre en trombe. Nous traversons à toute vitesse les petites rues à sens unique. À travers le pare-brise, le sud de la Tamise se déploie selon trois plans : les rangées de maisons sur deux étages, avec magasin au rez-de-chaussée et appartement au-dessus, puis les immeubles de HLM en béton ou en briques, devant les formes géométriques des gratte-ciel rutilants des quartiers d'affaires. Nous empruntons les tunnels qui zigzaguent entre le fleuve et les marinas jusqu'à atteindre une boutique rétro où deux serveuses lui tendent une pile de cartons fumants. « J'ai débloqué quelques centaines de livres pour des repas chauds, explique Harry, refusant d'un signe de tête que je l'aide à empiler les sacs dans le coffre. Comme notre local est toujours ouvert et chauffé pour ceux qui en ont besoin, la mairie nous donne parfois un coup de main. »

Le menu du jour est un des classiques de Londres : tourtes (« Ne demande pas ce qu'il y a dedans, mieux vaut ne pas savoir ! » s'esclaffe Harry), purée et une sauce au persil qui colore le tout d'un vert surprenant. Cinq tables ont été dressées, couvertes de nappes en papier et d'assiettes en carton. Au fil des ans, à force d'être toujours disponible, il est devenu l'homme à tout faire du quartier. Il règle les problèmes du syndic, fait venir le plombier et ramasse occasionnellement les retraités tombés chez eux. Il ne tient pas en place et ne s'arrête jamais de parler ; tout l'inverse de son épouse Janet qui pèse chacun de ses mots et ne manque jamais une occasion de lui envoyer des piques. Ils se sont rencontrés à Covent Garden, un soir d'été des années 1960, quand il faisait ses armes en garçon de journal sur Fleet Street et flambait sa jeunesse au rythme des riffs de Jimi

Hendrix et Led Zeppelin. Elle ressort des photos d'elle, hippie à grandes lunettes, et se rappelle, non sans regrets, qu'elle aurait pu être mannequin.

Réfugiée dans le coin cuisine, Janet aligne une vingtaine de tasses sur le comptoir et allume la bouilloire. Elle « fait une très bonne *cuppa'*[1] » me glissent les convives – compliment britannique s'il en est un. Elle ajoute deux sucres, du lait, et tend un mug à Jen, une ancienne dame de cantine au regard hagard qui répète qu'elle quittera bientôt Londres pour la campagne, s'attirant les soupirs de sa fille adolescente.

« Ah, il y a des bulles au milieu, c'est signe de richesse !

— Parfait, c'est ce qu'il me faut ! »

L'austérité, à sa manière brutale, crée du lien. Les « banques de chaleur », subventionnées par le gouvernement, avec leurs banderoles accueillantes et leurs biscuits mous, ne luttent pas seulement contre le froid, mais aussi contre la solitude. Le manque encourage l'entraide. Face à la crise, le collectif est bien vivant. Dans la torpeur de l'après-repas, une fois les dernières miettes avalées, certains convives ne savent plus trop s'ils sont là par besoin ou par choix. Harry ramasse les restes de purée et les dépose devant la porte pour les pigeons.

En 2010, David Cameron fantasmait la création d'une « Big Society » qui transférerait la responsabilité

1. « *Cup of tea* », tasse de thé.

du gouvernement vers les communautés locales pour résoudre les problématiques sociales. Il a vite abandonné l'idée pour se concentrer sur les politiques d'austérité. Près de quinze ans plus tard, son projet semble avoir accidentellement abouti. Ce n'est plus l'État mais Harry qui s'occupe des laissés-pour-compte de son quartier. C'est Heather à Glasgow, Jo à Morecambe et les innombrables bénévoles qui font tourner des banques alimentaires, lèvent des fonds, chauffent, nourrissent et tendent des tasses de thé sans s'émouvoir. Je referme la porte du local sur les rires et les débats, sur une animation légère qui ferait presque oublier que les difficultés auxquelles sont confrontés les convives ont été montées les unes après les autres par des gouvernements qui n'avaient, au fond, que du mépris pour eux.

Shona

Août 2023. The Guardian. « *Au moins 26 conseils municipaux anglais “risquent la faillite dans les deux prochaines années”.* »

Shona travaille à nouveau depuis deux mois. Elle s’est tout de suite remise à verser de l’argent sur ses applications pour préparer Noël prochain. « J’aimerais bien emmener les enfants à Disney aussi, tant qu’ils sont assez jeunes pour que ça soit magique. Mais quand je regarde le prix des trains et des hôtels, j’aurai dépensé 700 livres avant même d’être sortie de chez moi. Alors je me dis que je serai encore ici, dans dix ans, dans ma petite maison, à rêver de tout ce que j’aurais aimé faire. » Elle dit ça en riant, sans gravité.

Avec les nouvelles coupes budgétaires, l’amplitude horaire des bus va bientôt être diminuée et compliquera son itinéraire de retour. « Quand je finis à 21 heures, je dois attendre quarante-cinq minutes un premier bus qui me dépose dans une rue mal fréquentée, pile à l’heure de la sortie des bars, pour attraper la correspondance qui passe vingt minutes plus tard. L'autre option, s'il ne pleut pas, c'est de traverser un parc qui n'est pas éclairé la nuit. Avec ma vision en tunnel, ça va être compliqué. » Elle va tenter de repérer le trajet avec son fils la semaine prochaine.

Quinze ans après le début de l'austérité, les coupes ont déstabilisé les gouvernements locaux, qui s'occupent tant des services de proximité que d'une partie de l'aide sociale. Les budgets des villes et des collectivités se sont réduits, parfois de moitié, à mesure que les financements qu'elles reçoivent du gouvernement central s'amenuisaient. Certaines, parmi lesquelles les plus grandes villes du pays (Birmingham, Nottingham, ou encore Croydon, dans la banlieue sud de Londres), ne parviennent plus à financer leurs dépenses, alors que le nombre d'usagers augmente et que l'inflation fait grimper le prix des services. Elles ont déclaré un état d'urgence, une « faillite » qui déclenche une mise sous tutelle. À chaque fois, des commissaires débarquent pour rationaliser les dépenses et ordonnent de nouvelles coupes, toujours plus humiliantes : les toilettes publiques, les centres de jour pour les personnes handicapées, l'accueil physique à la mairie… À Morecambe, c'est l'office du tourisme qui a fermé.

Les cartes montrent un déséquilibre : les villes des bastions travaillistes ont été touchées plus durement par les coupes. Liverpool a même perdu l'équivalent de 780 livres par personne et par an. Pour Shona, ce lent effritement se traduit par de nouveaux éléments à ajouter à la liste des préoccupations du quotidien, qui viennent alourdir son budget. « Là, je me bats pour avoir le droit à une poubelle de déchets verts, qui est obligatoire. Avant c'était gratuit, maintenant c'est sur abonnement, et c'est à moi de payer. »

Diana

2013. Michael Gove, secrétaire d'État à l'Éducation : « Je comprends que certaines familles soient sous une pression considérable. Ces pressions sont souvent le résultat de décisions qu'elles ont prises, ce qui signifie qu'elles ne sont pas en mesure de bien gérer leurs finances. »

Diana se départit rarement de sa légèreté. Elle rit quand elle raconte qu'elle a fini par retrouver son père américain en faisant appel aux services d'une enquêtrice avant l'ère d'Internet et qu'il lui a raccroché au nez dès qu'elle s'est présentée. Son ton est plein d'humour quand elle confie s'être rendue sur le chantier de son ancienne école, détruite quelques mois après ses examens finaux, pour y récupérer une brique en souvenir. « Elle s'est décomposée presque immédiatement ! Si ce n'est pas une bonne métaphore de mon éducation… »

Elle s'assombrit pourtant lorsqu'on évoque les humiliations quotidiennes auxquelles elle a dû faire face très jeune. « Une fois par an, ma mère m'emmenait avec elle voir une association qui délivrait une bourse pour m'acheter des vêtements. Elle avait horreur de ça, de se retrouver forcée de quémander », explique-t-elle un matin. Nous sommes à nouveau assises dans son salon. Du coin de l'œil, elle surveille son dernier-né, qui semble déterminé à faire entrer l'intégralité d'une voiture en plastique dans sa bouche. « Ils savaient déjà tout de sa situation financière, mais l'obligeaient tout de même à venir demander leur aide en personne. Ça semblait intentionnel, une manière de nous rabaisser. » Elle se retrouvait à attendre dehors, à jouer sur le parking en regardant de belles voitures déposer des gens bien habillés, qui enjambaient la mosaïque du porche sans lui jeter un regard. C'est son premier souvenir du mépris lié à sa situation économique. Elle n'a pas huit ans, et leur attitude la blesse profondément. « J'avais l'impression que le monde se séparait d'un coup en deux. Le mien et, de l'autre côté, celui des enfants aux mains remplies de chocolat. À mon époque, les parents célibataires étaient la cible. Maintenant, ce sont les immigrés et les pauvres, mais le discours est le même : il s'agit simplement de trouver un bouc émissaire pour diviser, distraire et ne pas analyser le fond du problème. On nous pointe du doigt comme si c'était de notre faute. Pourtant, personne n'a demandé à vivre dans une cité défavorisée, avec des pubs mais pas de bibliothèque. Personne n'a demandé à naître sans père et à recevoir une mauvaise éducation.

Là où j'ai grandi, on était constamment sanctionnés pour être pauvres. Notre quartier était une capsule et il y avait un tas de choses auxquelles on n'avait pas accès. Il fallait payer le trajet pour aller faire les courses comme pour aller à un rendez-vous médical. Et quand on est coincé dans cet engrenage, on ne peut pas faire grand-chose. »

L'expérience laisse des marques. Elle se souvient de cette voisine, si élégante à son arrivée, qui s'était peu à peu transformée en ermite au point de ne plus sortir que vêtue d'un anorak d'homme, sans parler à personne. Les enfants l'avaient renommée « Bootsie », en référence aux après-skis qu'elle portait par tous les temps. « Ce sont les effets très concrets du mépris de classe. Ma mère et mon frère aussi ont fini par tomber malades, à force de ne manger que des produits bon marché et d'être isolés, sans ressources et sans accès à un emploi. J'en ai moi-même beaucoup souffert. »

Au moment où Diana naît, le grand renversement s'est déjà opéré : les aides et minima sociaux réclamés par les Britanniques au sortir de la guerre se sont transformés en source de honte. De remèdes supposés adoucir les difficultés de la vie, ils sont devenus la cause de tous les maux. L'idée d'une « culture des minima » s'est imposée, encouragée par un discours politique et une couverture médiatique largement négatives. Sous Margaret Thatcher émerge également l'image que ce système d'aides est perpétuellement en crise.

Cette perception se renforce et se répand, d'abord dans les années 1990, sous le New Labour de Tony Blair et de Gordon Brown, puis sous la coalition de l'austérité à partir de 2010. Dépendre des allocations serait un « mode de vie », et les journaux multiplient les histoires scandaleuses sur le manque de réciprocité et d'effort dont feraient montre les bénéficiaires, perçus comme paresseux et démissionnaires. Les faits divers sont déformés et instrumentalisés pour justifier des politiques toujours plus restrictives.

En mai 2012, lorsque Mick Philpott, un chômeur de Derby, met le feu à sa maison et tue six de ses dix-sept enfants, George Osborne, chancelier de l'Échiquier, s'appuie sur le drame pour défendre un modèle de minima non plus basé sur les besoins réels du foyer, mais sur sa vision de ce que devrait être une bonne famille d'honnêtes pauvres. On martèle l'idée que les aides encouragent une fécondité sans limite, motivée par le désir de recevoir toujours plus d'argent public. Le vocabulaire politique de la période est parlant. Sur Hansard, la base de données qui recense les discours tenus au Parlement, le terme « paresseux » apparaît pour la première fois en 2007, avant d'être utilisé treize fois par les députés rien qu'au mois de janvier 2010. De la même manière, le terme « profiteur » est utilisé sept fois en 2008, puis quarante et une fois sur l'année 2013.

*

Ce discours, qui a servi à légitimer les réformes radicales de l'aide sociale, est toujours bien ancré. En 2014, le *Spectactor*, hebdomadaire de droite un temps dirigé par Boris Johnson, s'étonnait de voir « autant de gens gros dans les photos de banques alimentaires », ajoutant sans complexe : « Si vous allez bénéficier des services d'une banque alimentaire, ayez au moins le bon goût d'avoir l'air un peu malingre. » En 2023, le *Daily Telegraph*, autre journal de droite, affirme encore qu'il suffit de chasser la perdrix et le faisan pour économiser sur les McDonald's. Les élus perpétuent les mêmes clichés, comme le député Brendan Clarke-Smith qui suggère « d'apprendre à budgéter et à prioriser », ou son collègue qui affirme que les enfants échangent leurs repas gratuits de la cantine contre de la drogue.

Un jour, c'est la sœur d'un député qui conseille de faire des frites soi-même plutôt que de les acheter surgelées – en plein dans le fantasme du fait maison, sans prendre en compte le prix de l'énergie et des condiments. Le lendemain, c'est une ancienne ministre du Travail qui assure qu'il suffit de « se passer de sandwich au fromage » pour faire face à la flambée des prix des aliments de base. Difficile de faire plus simple comme déjeuner, pourtant. Ces réflexions ne sont pas seulement consternantes, elles montrent que la pauvreté est vue comme une équation facile à résoudre, qu'il suffit d'un peu de bon sens et de bonne volonté.

Face à ce déluge d'absurdités, la militante anti-pauvreté Jack Monroe a fini par craquer. Lorsqu'un énième internaute, qui se décrit comme « un enthousiaste de la politique », affirme qu'il est possible de cuisiner « des repas sains et à moindre coût » pour toute une famille en achetant un sachet de pâtes à 50 pence, elle sort la calculatrice et lui démontre que son kilo de spaghettis n'ira pas loin. « Le problème, ce n'est pas les pâtes, Kevin, s'insurge-t-elle sur son blog, Cooking on a Bootstrap. Servir ces pâtes dans tes bols John Lewis, dans une maison qui t'appartient, avec le chauffage allumé et sans te soucier du compteur électrique qui engloutit tes derniers pence de crédit d'urgence, sans adolescents sportifs et en pleine croissance à nourrir, sans chaussures d'école fendues et à remplacer, sans pleurer à chaudes larmes devant le manteau d'hiver oublié une fois de plus à l'école ou un énième sac de sport perdu, ce n'est pas la réalité de tout le monde. » Elle s'indigne de ces caricatures. « On n'est pas des mouettes. On ne revient pas parce que vous nous avez donné à manger ! »

*

Parfois, les élus vont plus loin dans leur volonté de prouver que le système est juste et adapté et se prêtent à une pantomime de la pauvreté. Ainsi, dans les années 1980, Matthew Parris, un jeune élu du Derbyshire, veut prouver que les allocations chômage doivent être par essence suffisamment « inconfortables » pour pousser les personnes sans emploi à retrouver un travail au plus vite. Sûr de lui, il s'engage à passer une semaine dans une banlieue de Newcastle-upon-Tyne, un ancien centre industriel du nord-est de l'Angleterre, avec pour seul revenu le montant des minima de l'époque. Il loue une chambre à Scotswood, un quartier en déclin, où les fermetures des grandes usines et des chantiers navals ont précipité les difficultés. Une équipe de journaliste documente l'expérience pour l'émission *World in Action*.

Le résultat est plus qu'embarrassant. Le député commence l'expérience confiant : il prévoit d'économiser une partie de la somme, assiste à un match de football local et discute avec les gens du coin, qui lui reprochent de mener une expérience condescendante mais lui apprennent à faire ses courses sur un petit budget. Au bout de sept jours, ses projets d'économies oubliés, il finit l'aventure sans électricité, sans gaz, et se réfugie dans un bar pour avoir de la lumière sans pouvoir payer une consommation. Il n'en démord pas pour autant : « J'en arrive à la conclusion que le niveau des minima est plutôt bas, mais j'ai prouvé, à ma propre satisfaction, que je peux vivre pendant une semaine sans mourir de froid ou de faim, dans un degré tolérable de confort », affirme-t-il. Il ajoute que cette vie se déroule « sans aucun plaisir, sans aucun faste, et avec quasiment rien à faire pendant [son] temps libre – en d'autres mots, une existence plutôt chiche, dépouillée ». Malgré son propre échec, il continue d'affirmer que le niveau des aides est « le bon ». Il réitère l'expérience en 2004, au même endroit, pour un résultat que le *Guardian* qualifie de « déprimant ». « En 1984, les résidents de Scotswood étaient en colère, mais toujours en action. Arrive 2004, et ils ont plus ou moins laissé tomber et vivent sous antidépresseurs ».

En 2013, lorsque le secrétaire d'État au Travail et aux Retraites Iain Duncan Smith déroule le projet du crédit universel, il assure à son tour que lui-même serait tout à fait capable de vivre avec les 53 livres d'indemnités hebdomadaires prévues par le système (il en gagne, avec sa seule indemnité parlementaire, près de cinq fois plus par jour). Une pétition qui l'invite à joindre le geste à la parole recueille immédiatement des dizaines de milliers de signatures – mais il décline. Quand je lui en parle, Diana sourit, l'air entendu.

Jane

Mai 2023. Prospect Magazine. Nick Macpherson, secrétaire permanent au Trésor de 2005 à 2016 : « On aurait pu faire les choses différemment [...]. Il est juste de dire qu'à cette époque, les moins aisés dans la société ont possiblement payé un prix plus élevé que ce qui était souhaitable. »

Jane traverse la rue, m'étreint avec effusion et pousse la porte vitrée du café rendue opaque par la condensation. Des travaux sur la route l'ont mise en retard, grignotant sa pause du midi. Elle commande deux déjeuners complets – œufs au plat, bacon, haricots et toasts beurrés – et trois grandes tasses de thé que le gérant lui tend par-dessus le comptoir en aluminium, accompagnés d'un vague « *Alright?* » qu'il réserve aux habitués. La fin du service approche et il règne une légère odeur de friture et de détergent.

C'est jour de fête : Michael vient de prendre sa retraite, encouragé par son médecin et par le syndicat. Il reste de l'administratif à gérer, des calculs à faire, et ils ne savent pas encore comment ils se débrouilleront sans son salaire. Il arrive à pas lents, appuyé sur une canne toute neuve qu'il suspend à l'arrière de sa chaise. « Quarante-sept ans que je travaille, et aujourd'hui, plus rien ! » s'exclame-t-il, mi-étonné, mi-ravi. Il a passé la matinée au parc à regarder les cygneaux faire leurs premières traversées de bassin. Demain, il passera à la banque alimentaire « pour voir ».

Dans les jets de vapeur du percolateur, nous parlons Brexit, grèves et opportunités d'emploi. Jane sauce une dernière larme de jaune d'œuf dans son assiette et réajuste le polo gris de son uniforme en soupirant. En temps normal, elle porte de longues robes florales ou des t-shirts à motifs, à l'opposé de ce tissu anthracite qui ne va à personne. Elle en a encore pour douze ans avant sa retraite à elle, et déjà une hanche en vrac. Pendant qu'elle finit de raconter sa journée et ses projets d'avenir, Michael part discrètement payer sans me laisser l'opportunité de protester.

Elle part préparer son bus – il faut faire le tour, vérifier les lumières, les fenêtres et les portes, manœuvrer pour sortir du dépôt. Michael patiente avec moi. Il me dit qu'il trouvera bien un petit boulot en attendant qu'elle puisse s'arrêter à son tour. « À moins de gagner au loto, bien sûr ! » Si, par chance, ça arrive, les plans sont faits : un voyage en Australie pour eux et un appartement pour chacun de leurs deux enfants.

*

Les fleurs sont blanches et mauves, comme au jour de leur mariage. Un à un, les invités en chemises hawaïennes débarquent en Routemaster, un des anciens bus de Londres, du genre que Michael conduisait dans le temps, et s'alignent sur le passage du corbillard. « Pas de noir », a simplement demandé Jane. C'est un matin d'août qui hésite entre pluie et soleil et qui a tranché pour un taux d'humidité étouffant nous faisant transpirer sous nos vestes. Ce jour-là, Michael aurait dû fêter ses soixante-huit ans, mais un nouvel accident cardiaque l'a emporté.

Sur le cercueil couvert d'un Union Jack, Jane a placé une paire de Dr. Martens noires cirées – « Boots », son surnom au travail. La cérémonie, sur fond de Queen et de Tina Turner, se déroule dans la chapelle bleue du cimetière devant lequel je passe souvent. C'est le prêtre de leur paroisse qui l'anime – le jeune, celui dont elle garde parfois le chien et qu'elle a déjà réussi à traîner au bal. Ils n'avaient pas encore terminé de s'occuper des papiers de la retraite. À cinquante-six ans, la voilà veuve et sans aucune idée de comment elle s'en sortira sans lui.

Jo relance le moteur. Nous sortons d'une nouvelle visite de centre social où, pendant près de deux heures, la gérante qui en avait gros sur le cœur nous a récité la liste de tout ce qui ne marche pas : plus de ramassage scolaire pour les enfants du quartier qui doivent marcher une demi-heure et passent parfois la journée trempés s'il pleut sur le chemin ; la recherche de fonds pour faire fonctionner ses services, devenue un travail à plein temps ; les parents qui ne peuvent plus payer l'électricité et pour qui elle a dû faire installer une machine à laver dans le hall…

Nous sommes au milieu d'un de ces ensembles pavillonnaires des années 1930, avec ses maisons mitoyennes aux façades de crépi granité, cuisine et cour à l'arrière, deux chambres à l'étage et de la moquette jusque dans les escaliers. Toutes les rues portent des noms d'arbres, probablement pour combler le manque de verdure alentour. Même les fresques colorées peintes par les enfants du coin ne parviennent pas à égayer les rues. Alors que la pluie se met à tomber, on se sent loin, très loin de Londres.

Cette distance n'est pas que géographique. Jo, qui a grandi dans un milieu privilégié du sud de l'Angleterre, a fréquenté l'univers complètement à part dans lequel évoluent les décideurs. « Les gens d'ici n'arrivent pas jusqu'au pouvoir, affirme-t-elle. Tout au plus, un ou deux enfants du centre-ville qui sont passés par des écoles sélectives seront intégrés pour offrir un peu de diversité. »

Pour comprendre la crise actuelle et le déroulement des politiques d'austérité, il faut comprendre le fonctionnement de cette classe politique britannique, et surtout, voir d'où elle vient.

Tout commence généralement un matin de septembre, devant la grille du pensionnat. À l'avant de la voiture, les mères se tamponnent le coin des yeux et avalent un calmant. Les pères ont les mains crispées sur le volant et prennent un air pincé, pressés de retourner au travail. Il n'y a pas le choix, eux aussi sont passés par là. Pourtant, le sentiment de solitude est immense quand, à sept ans, il faut d'un coup oublier sa fratrie, son chien, son doudou et les odeurs de la maison, pour entrer à petits pas dans la cour pavée bordée de bâtiments Tudor. Et surtout, ne pas pleurer quand le bruit du moteur finit par s'éloigner.

À l'âge où les autres enfants lient des amitiés d'école primaire, dans la sécurité du cadre familial, ceux qui gouverneront grandissent à l'écart. Leur éducation est confiée à des institutions privées qui en feront des hommes, moyennant des dizaines de milliers de livres par an. Les pensionnats anglais évoluent dans une autre temporalité, celle d'une campagne sortie des tableaux de John Constable, où l'on apprend très jeune à incarner le flegme et l'esprit de la nation.

Pour soulager le choc de l'abandon, les enfants forment des cliques, harcèlent, se moquent et vénèrent leurs enseignants. On leur inculque une certaine idée du Royaume-Uni et de leur place dans le monde, et le regret d'une grandeur impériale passée. « L'école était le lieu où nous allions, à huit ans, pour apprendre à mépriser les autres. [...] Tous ceux qui n'étaient pas nous, c'est-à-dire des garçons de pensionnats privés de la fin des années 1970 et du début des années 1980, étaient en dessous de nous. Évidemment, nous étions une minorité, mais de toutes les minorités nous étions la plus importante. Nous allions finir à la tête du pays », relate Richard Beard, qui a fait ses classes dans ces écoles privées, dans son livre *Sad Little Men*.

En cours, ils déclinent le latin, copient l'alphabet grec et ingurgitent les classiques aux côtés des descendants de l'aristocratie et des futurs monarques. Les bonnes notes et les prouesses sportives donnent droit à un amour conditionnel. À treize ans, comme leurs pères et grands-pères avant eux, ils partent pour Eton. Pour presque 50 000 livres par an, ils s'offrent un avenir tout tracé et se font photographier en queue-de-pie, chaussures cirées et cols amidonnés entre les murs de briques rouges et les arches du cloître médiéval. Ils jouent au golf, font de l'aviron dans le lac, et s'assoient sur les marches qu'ont montées avant eux John Maynard Keynes, Aldous Huxley, plus d'une dizaine d'anciens Premiers ministres et le roi George IV en personne. Ils gravent leurs noms sur les panneaux boisés de couloirs sombres, prient le dimanche dans la chapelle gothique et verrouillent leurs incertitudes sous le masque du mépris. La psychanalyste Joy Schaverien identifie chez les adultes passés par là un « syndrome du pensionnat » dont les symptômes sont l'arrogance, le détachement, la dissociation, le cynisme et le déni. Leurs ancêtres ont conquis le monde ; eux portent le poids des titres, des attentes et des patronymes, d'un patrimoine qui est le leur et qu'ils doivent à tout prix préserver.

*

La suite s'écrit à Oxford, machine infaillible d'où sont sortis quatorze des dix-huit Premiers ministres britanniques depuis la Seconde Guerre mondiale. Les amateurs de politique s'inscrivent à l'Oxford Union, une réplique miniature de la Chambre des communes dont la présidence est un aller quasi direct pour le Parlement. Entre les murs de ce club de débat, le plus ancien du pays, tous les sujets sont autorisés, peu importe les convenances. On y polit ses qualités oratoires dans un jeu d'éloquence qui permet de se forger à grands traits un personnage politique – comme le « Bojo » décoiffé imaginé par Alexander Boris de Pfeffel Johnson, qui cite son latin de travers et multiplie les bourdes calculées.

Simon Kuper est lui aussi passé par le système. Il vit aujourd'hui à Paris, où il travaille pour le *Financial Times*. C'est à l'Oxford Union que les étudiants apprennent à se faire des alliés, quelles règles contourner, quand mentir et quand on leur ment, m'explique-t-il lors d'un entretien. Là où ils se créent un réseau et rencontrent les dirigeants.

Les futurs hommes politiques britanniques « sortent d'Oxford et font un peu de journalisme au *Daily Telegraph*, poursuit-il. Puis ils entrent à la Chambre des communes à trente ans et occupent des sièges à forte majorité, dans des circonscriptions plutôt riches du sud de l'Angleterre ». On surnomme la région le « *blue wall* », ou « mur bleu », en raison de ses fiefs conservateurs qui n'ont parfois pas changé de bord en plus d'un siècle. « Même s'ils tiennent une permanence le vendredi, ils auront forcément moins de gens qui viendront leur dire qu'ils n'ont pas de quoi soigner leur mère malade ou nourrir leurs enfants. Ainsi, à quarante ans, ils entrent au gouvernement sans véritable connaissance des conditions de vie de la majorité des Britanniques. C'est pour cela qu'ils peuvent mener des politiques d'austérité. »

À l'échelle du pays, seuls 1 % des Britanniques partagent cette expérience du pensionnat, d'Oxford ou de Cambridge. Un microcosme qui a la main sur le pouvoir et n'a pas prévu de le lâcher. Les électeurs ont tout de même une petite part de responsabilité, souligne Simon Kuper, dans la mesure où ils préfèrent voter pour « des gens qui savent », « nés pour gouverner », plutôt que pour des candidats qui leur ressemblent. Vivre dans une monarchie, un système qui repose sur l'idée qu'une famille a le droit à régner par sa naissance, doit aussi y être pour quelque chose.

Régulièrement, la distance entre la classe dirigeante et les citoyens se révèle au détour d'une séance photo, ou d'une interview malheureuse. C'est David Cameron qui mélange les noms des équipes de football, ou Ed Miliband, alors chef du Parti travailliste, qui peine à manger un sandwich au bacon avec les doigts. C'est Theresa May qui fait la moue devant un cornet de frites, et Rishi Sunak qui semble n'avoir jamais fait un plein d'essence ni payé en sans contact. De corvée de banque alimentaire à Noël, vêtu d'un pull en cachemire, celui-ci finit même par demander à un sans-abri si lui aussi « travaille dans les affaires ».

Le privilège et l'ignorance expliquent une certaine désinvolture, un amateurisme en politique britannnique. L'austérité en est un exemple ; le Brexit en est un autre : l'idée a été lancée comme un pari, un sujet à débattre au sein de l'Oxford Union – et que le meilleur gagne. « Pour ces conservateurs, sortir de l'Union européenne n'avait rien à voir avec le système de santé ou l'immigration, rappelle

Simon Kuper. La question centrale était celle du pouvoir britannique et du Parlement, qui était propriété exclusive de leur classe sociale depuis des générations. » Une lutte pour conserver leur droit historique à gouverner, un héritage qu'ils pensent menacé par Bruxelles, plutôt que l'intérêt du pays et de ses habitants. La génération Brexit, pour qui la nostalgie est un principe fort, « avait donc une ambition sans avoir de cause ». Elle en a créé une de toutes pièces. « Si l'austérité était un retour à Thatcher, le Brexit était un retour à Churchill. Une révolte anti-élitiste menée par les élites. » Élites qui sont rarement les premières concernées par les conséquences de leurs décisions.

Shane

Décembre 2022. Selon la London School of Economics, quitter l'Union européenne a ajouté en moyenne 210 livres supplémentaires aux dépenses de nourriture des ménages, entre 2021 et 2023, pour un coût total de 5,8 milliards pour les consommateurs britanniques.

Shane s'en mord encore les doigts. Le Brexit, il y a cru. Comment résister à la tentation de sauver son gagne-pain, face au bus rouge de Boris Johnson qui sillonne le pays en promettant 350 millions de livres en plus *chaque semaine* pour le NHS ? La promesse l'a touché droit au cœur : le système de santé gratuit et public fait la fierté de tous les Britanniques. Son état, la longueur de ses listes d'attente et le nombre de ses employés agissent comme un thermomètre de l'humeur du pays : quand le NHS va mal, c'est tout le Royaume-Uni qui va mal. Car têtes couronnées ou chômeurs, ils finissent tous à l'arrière du camion. En pleine pandémie, Shane a même récupéré le PDG de Total dans sa maison de vacances. Les photos des plateformes pétrolières accrochées au mur lui avaient mis la puce à l'oreille ; l'homme a confirmé avant de partir pour l'hôpital, en le reprenant sur son accent : « C'est To-taaaal, pas Totol. »

Il y a une certaine fierté nationale liée au fait que tout le monde dans le pays puisse bénéficier de soins gratuits. Ce sentiment a la peau dure : je me souviens d'un rendez-vous médical à Manchester, lorsque j'étais étudiante et encore persuadée que la Sécurité sociale française était le système le plus formidable qui soit. Le médecin puis la pharmacienne s'étaient indignés de me voir sortir ma carte bancaire, comme personnellement offensés par le concept de vouloir payer des services de santé.

Pour le Brexit, il y a aussi la question de la pêche. Shane passe tous ses étés dans la caravane de sa belle-famille, sur les collines couvertes de maisons vert menthe et bleu turquoise qui encadrent la baie de Brixham, sur la côte sud du Devon. Le port est l'un des plus animés d'Angleterre, avec sa criée où s'échangent des millions de livres de bar, de seiche et de roussette, avant que les trois-quarts de la marchandise ne partent pour l'Europe continentale. En 2016, dans la ville, tout le monde militait pour sortir de l'UE, et les bannières en soutien à la campagne « Leave » sont accrochées sur les chalutiers.

Le secteur est peut-être une goutte d'eau dans le PIB britannique, mais c'est une question de vie ou de mort pour les populations côtières qui espèrent regagner plus de liberté sur leurs eaux et s'offrir des quotas miraculeux. Shane pensait donner un coup de main à leur cause ; il s'est fait avoir, et en beauté. En plus de ralentir l'économie, le Brexit a limité l'arrivée des étrangers qui finissent petites mains dans les services à la personne. La pression sur le NHS s'est accentuée. Le spectre des 350 millions s'est évaporé aussi vite qu'il était apparu et David Cameron, qui avait lancé l'idée du référendum avant de faire campagne pour rester dans l'UE, démissionne dès le résultat annoncé. Il donne le nom de sa successeure aux journalistes assemblés devant le 10 Downing Street, fait ses adieux et tourne les talons en fredonnant.

À bien des égards, le Brexit est un symptôme de la crise actuelle autant qu'une de ses origines. L'austérité a déstabilisé les services publics et attisé la méfiance envers les dirigeants. L'insatisfaction grandissante a renforcé l'appétit pour le changement – quel qu'il soit. Comme Shane, beaucoup ont voté pour sortir de l'Union européenne dans un élan de colère, pour envoyer paître le gouvernement, ou simplement motivés par l'idée qu'ils n'avaient de toute façon pas grand-chose à perdre. Ils ont vu avec épouvante les négociations durer pendant des années, sans que personne ne sache vraiment quelle direction le pays prendrait. « *Brexit means Brexit* », affirmait Theresa May en reprenant les rênes du projet – difficile de faire plus vague.

Depuis cet échec cuisant, rien n'agace Shane plus que de voir les Unes affreuses du *Daily Mail* traîner dans le salon d'un patient, ou qu'un malade se mette à lui recracher les discours haineux repris de GB News, cette chaîne alternative sur laquelle des députés de droite animent leurs propres émissions, où ils parlent principalement d'immigration. Surtout quand ces mêmes patients vivent dans les quartiers défavorisés en périphérie de la ville. Il a envie de les secouer, de leur dire : « C'est votre faute si vous en êtes là. C'est vous qui avez voté pour les gens qui vous ont mis dans cette situation ! »

Son rythme est celui de l'urgence. Et Shane n'a qu'une hâte : se débarrasser de ce gouvernement et de son bilan désastreux pour enfin retrouver le Parti travailliste. Après tant d'années de coupes budgétaires et d'austérité, il ne voit pas d'autre manière de remettre le pays d'aplomb. Il n'est pas un grand fan de Keir Starmer, l'actuel chef des travaillistes, un ancien avocat avec un penchant pour les discours soporifiques, qu'il trouve trop centriste, trop hésitant, à ne rien promettre qui soit vraiment à gauche. À nouveau, on entend le refrain de la « responsabilité fiscale », des « décisions difficiles » qu'il faudra prendre. Pas très inspirant, ou du moins pas de quoi rêver à des jours meilleurs. Tant pis, rien ne peut être pire que ce qu'ils ont déjà vécu.

L'attente est fiévreuse. Depuis décembre 2021, les conservateurs sont passés en deuxième place dans les sondages. Après les errements de la pandémie, le coup de grâce a pris la forme d'un scandale politique, lorsqu'il est révélé que l'équipe de Boris Johnson a organisé des fêtes illégales en plein confinement. L'écart se creuse à mesure que la crise du coût de la vie s'installe. Le Parti travailliste est annoncé à vingt points d'avance, presque certain de remporter une majorité. Tout est déjà gagné, mais l'annonce d'une date pour les élections tarde, le Premier ministre s'accroche et attend que la situation s'améliore, promettant en attendant d'envoyer les demandeurs d'asile faire traiter leur dossier au Rwanda. Shane s'impatiente ; il s'y voit déjà – à tracter avec les militants qui font du porte à porte, à cocher la bonne case au crayon à papier sur son bulletin, à attendre fébrilement les résultats de sa circonscription et du pays entier. Le temps des renoncements et des déceptions viendra bien assez vite. Pour l'instant, il espère simplement assister à une soirée électorale comme au bon vieux temps et trinquer au retour de la normalité.

De temps à autre, au cours de mes reportages, des moments coincent et me prennent de court. Comme ce matin où une bénévole observe le ballet de ceux qui entrent, remplissent un sac et sortent au plus vite de sa supérette solidaire. C'est tout de même mieux, commente-t-elle du coin des lèvres, quand « les gens prennent ce qu'on leur donne » sans protester. Autrement dit, le bon pauvre ne doit émettre aucune préférence, ni de goût, ni de religion – et ne surtout pas réclamer des produits halal ou kasher. Elle me quitte un instant pour inciter une mère de famille somalienne à se servir en repas végétariens que celle-ci avait soigneusement contournés.

Ailleurs, la gérante d'une banque d'uniformes scolaires que ses collègues décrivent comme « une sainte » m'a fait visiter son stock : des rangées de blazers et de pulls aux couleurs des différentes écoles de la région, des boîtes débordant de t-shirts et de sous-vêtements encore emballés. En feuilletant l'énorme classeur qui recense les exigences de chaque établissement, elle m'a décrit avec émotion le colis composé l'autre jour pour une réfugiée ukrainienne – « une couche de vêtements, une couche de coloriages, des bonbons au milieu… ». Mais à l'enfant de CM1 qui fait une taille 14 ans et lui a adressé une demande, elle n'a fourni qu'une chemise neuve.

Dans une église de banlieue, à l'est de l'Angleterre, des paroissiennes âgées se désolent : « Tout ce qu'on veut, c'est qu'il n'y ait plus besoin de banques alimentaires dans ce pays », assurent-elles en m'ouvrant leurs portes. Avant de commencer la session, elles se regroupent en cercle pour un moment de prière. Bien qu'athée, je suis conviée, quand les usagers qui attendent l'ouverture à l'abri dans la salle doivent ressortir sous la pluie. Lors d'une autre session, une bénévole refuse un paquet de biscuits à une femme en surpoids et m'explique en riant que « quelqu'un en a certainement plus besoin qu'elle ».

Chaque fois, je suis étonnée du ton décomplexé de la confidence, si bien que je ne sais pas quoi répondre. Tous ces bénévoles prennent sur leur temps personnel pour aider et pensent faire quelque chose de bien, motivés par l'idée qu'il est de leur devoir de nourrir ceux qui ont un peu moins de chance qu'eux. Ces réflexions mettent au jour un des dangers lorsque l'État relègue l'aide sociale aux bienveillants, à un secteur associatif de plus en plus institutionnalisé mais qui manque de moyens : plutôt que de délivrer des mesures justes, neutres, inclusives et appropriées, le gouvernement place une partie importante du pouvoir de décision entre les mains de personnes qui projettent accidentellement leurs propres préjugés, angles morts et discriminations internalisées.

Les soupçons sur la légitimité du besoin sont alimentés par des profils anecdotiques et des séries comme *Benefits Street*, qui dramatisait en 2014 le quotidien des habitants d'un quartier populaire de Birmingham – et caricature leur vie au point qu'eux-mêmes ne se reconnaissent pas. Mais comment échapper aux clichés quand ils sont partout ? Je m'y suis moi aussi laissé prendre au début de mes recherches, au moment où je cherchais qui pourrait raconter cette crise. À l'arrière-plan de mes premières interviews, j'avais en tête de trouver le « bon profil », les personnes irréprochables dont les difficultés ne s'expliqueraient que par les failles du système, mettant en relief l'injustice de celui-ci.

Dans un Royaume-Uni où le filet de sécurité s'est distendu, il revient donc à ces bénévoles, qui évoluent dans une culture et un discours public anti-pauvres, de déterminer qui mérite quoi. Or, cette notion de mérite est le pivot central autour duquel s'articule le système d'aide sociale depuis bien longtemps et qui précède même la création de l'État-Providence.

*

Au XIXe siècle, la Grande-Bretagne s'industrialise à grande vitesse. La population croît et s'installe dans les villes pour travailler dans les manufactures.

Les structures sociales changent, et la pauvreté avec : alors que les paroisses s'occupaient de l'aide sociale à la campagne, l'indigence urbaine fait naître le mépris chez une classe de bourgeois qui refusent de payer plus d'impôts pour subvenir aux besoins de ceux qu'ils voient comme des fainéants.

En 1834, les New Poor Laws, les nouvelles lois pour les pauvres, sont votées. Elles réforment le système en place dans le but de limiter le coût de l'aide sociale. C'est la grande époque des « *poor houses* », les hospices décrits dans les romans de Charles Dickens. La société n'a alors rien contre les pauvres « méritants », exclus du travail en raison de leur âge, de maladies ou de handicaps. Elle s'acharne en revanche sur ceux qu'elle décrit comme des « paresseux » : ceux qui préféreraient recevoir des aides plutôt que de travailler – une idée influencée par le philosophe Jeremy Bentham, qui estime que les individus cherchent à maximiser leur plaisir et à minimiser leurs douleurs, de sorte qu'ils préfèrent l'assistance publique au travail.

Dans ce contexte, les hospices ont un double objectif : élever la morale de l'individu et servir de moyen de dissuasion pour décourager le recours à l'aide. On y sépare les couples. Les enfants reçoivent une éducation avant d'être mis au travail à leur tour. L'entrée n'est pas libre : il faut prouver son manque de ressources au cours d'un entretien, ce qui développe un réflexe de soupçon et de test que se mettent à reproduire les associations caritatives. La réalité des conditions de vie dépend de l'emplacement des établissements et de l'époque, et se mélange parfois avec leurs représentations de fiction, mais elle est incontestablement difficile. Les résidents (*inmates* en anglais, le même terme que « prisonniers ») n'ont droit qu'à peu de nourriture. Ils revêtent des uniformes de bagnards et sont chargés de tâches difficiles et monotones : casser des pierres, broyer des os pour en faire de l'engrais, écraser du grain à la main... Dans *Oliver Twist*, Dickens résume la situation ainsi : « [Les membres du conseil d'administration] posèrent en principe que les pauvres auraient le choix (car on ne forçait personne, bien entendu) de mourir de faim lentement s'ils restaient au dépôt, ou tout d'un coup s'ils en sortaient. »

Là est le principe qui sous-tend l'aide sociale britannique du XIXe siècle : le concept de « moindre éligibilité ». Sous les New Poor Laws, il faut que les conditions de vie en hospice soient plus désagréables qu'une vie libre sur le plus petit salaire envisageable. Dans certaines régions, cela s'avère impossible sans affamer les résidents. Or, il semblerait que la philosophie actuelle n'ait pas tant changé. La « moindre éligibilité » a transcendé les différentes réformes pour réémerger dans les politiques de la coalition de l'austérité : à travers la conditionnalité, le soupçon et les sanctions qui rappellent les entretiens pour entrer à l'hospice, mais aussi dans l'idée que ceux qui se reposent sur l'aide publique – plus précisément, ceux qui *choisissent* de se reposer dessus – doivent mener une vie toujours moins confortable que celle du travailleur le plus pauvre. Le plafonnement des aides en découle directement. Certaines mesures vont même plus loin : cette fois, les enfants sont tenus pour responsables de leur sort et ni le handicap ni la maladie ne suffisent à justifier pleinement le droit de recevoir des allocations.

Pourtant, quand on voit le nombre d'employés qui ont recours aux aides pour compléter leurs salaires, la figure du « travailleur honnête » qui s'oppose à celle du profiteur immoral devrait voler en éclats. La logique s'est enrayée : le travail, les contrats précaires et les salaires minimums ne suffisent plus à échapper à la pauvreté. C'est souvent ce même travailleur qui se retrouve en difficulté. Quant à définir ce groupe tant vanté, personne ne s'y aventure. Keir Starmer botte en touche lorsqu'on lui pose la question, affirmant que ces derniers « savent qui ils sont ».

Au Royaume-Uni, un double récit s'écrit. Il y a, d'un côté, celui d'une crise à laquelle personne n'échappe, qui dépasse la question du mérite, de la prévoyance et de l'emploi, déstabilisant la société dans son ensemble, qui pourrait donner lieu à une prise de conscience collective. De l'autre, la chasse au « vrai pauvre » se poursuit, pour trouver ceux à qui l'État ne peut moralement pas refuser de donner un peu d'argent public. Une quête dans laquelle les citoyens eux-mêmes et les médias effectuent une hiérarchie des profils les plus à plaindre : l'infirmière qui se passe de repas pour ses enfants est une figure récurrente, suivie de près par les pompiers et les employés des secteurs de première ligne, ceux qui ont été applaudis pendant la pandémie.

Diana

Août 2022. Selon un rapport de l'Institute for Fiscal Studies, « le système éducatif britannique préserve les inégalités » : « Les écarts entre les enfants pauvres et riches pendant l'école se traduisent par d'énormes différences dans leurs qualifications à l'âge adulte. »

« Qu'est-ce qu'on a comme choix ? Ça ne peut pas continuer comme ça. »

Diana s'adosse à l'encadrure de la porte. Paul s'assoit devant une pile de brochures, soucieux. La maison est calme, les enfants sont au lit. Leur aînée termine de réviser ses cours de biologie en prévision des examens. Elle a déjà trouvé une formation en alternance pour l'année prochaine, afin d'éviter d'avoir à souscrire un prêt pour payer les frais universitaires.

Au fond, ils savent bien ce qu'il faut faire, mais la décision reste difficile à prendre. Depuis plusieurs mois, Victoria dort de plus en plus mal. Elle revient de l'école avec des bleus dans le dos. Ses notes chutent. Le stress lui laisse des marques rouges sur la peau et creuse ses cernes. Diana a déjà appelé, envoyé des mails et organisé des rencontres avec les professeurs, rien n'y fait. L'école manque d'effectifs. Les enseignants aussi font grève, embourbés par le manque de moyens. Ils n'ont pas le temps d'arrêter le harcèlement ou de s'occuper des élèves en difficulté. Mardi, la petite a fondu en larmes en rentrant des cours, les suppliant de ne plus y retourner. Depuis, ils pèsent le pour et le contre.

« On va tenter l'école à la maison en attendant de lui trouver une place ailleurs. Je préparerai un programme. Et pour les activités, il y a de quoi faire dans la région. Je ne peux juste pas la renvoyer là-bas.

— Ça ne sera pas réglé d'ici la fin de l'année scolaire. Tu sais qu'on n'aura probablement pas de place ailleurs avant longtemps… »

Pour arriver à entrer dans une autre école, il faudrait préparer des examens sélectifs ou prouver qu'ils vont régulièrement à l'église. Les listes d'attente des établissements publics débordent et le privé est hors de question. En prenant en compte le coût des transports et les frais d'inscription, la liste de leurs options est mince. Comme pour les dentistes, il n'y a simplement pas assez de place pour tout le monde. L'éducation, qui avait un temps résisté aux coupes, a été rattrapée par le manque de budget et s'effrite à son tour – assez littéralement, car plusieurs centaines d'écoles menacent de s'effondrer, construites dans un type de béton qui devient friable et poreux au bout de quelques décennies.

C'est une nouvelle réinvention, un nouveau sacrifice pour Diana qui vient de réussir son diplôme de mathématiques et pensait enchaîner avec de la comptabilité en cours du soir. Il faut à nouveau changer de quotidien. Elle ne se laisse pas intimider par le défi, mais Victoria, poussée hors du système scolaire à onze ans, est sur le point de devenir la quatrième génération de femmes de sa famille à partir sur de mauvaises bases. Ils ont pourtant fait tout ce qu'il fallait.

Vaughan, son cadet, partira vers les enseignements techniques. Il a trouvé un boulot d'été dans un restaurant, avant que l'établissement ne licencie toute l'équipe car les gens mangent de moins en moins dehors. Elle encourage ses autres enfants à s'orienter vers des métiers manuels, pour qu'ils soient certains de trouver du travail. « J'espère qu'ils émigreront, qu'ils n'auront pas peur d'aller se faire embaucher à l'étranger », affirme Diana qui a elle-même tenté de s'expatrier en Espagne, sans trop de succès. Elle ne s'appesantit pas sur la formation en comptabilité, me parle déjà d'une autre session qui se déroule les samedis matin et du club de musique qu'elle a rejoint et dans lequel elle joue de la guitare – une autre petite revanche sur son enfance.

« Ce pays est une grande et belle machine, répète-t-elle, mais les rouages sont cassés. » Et tant que tous les jeunes n'auront pas les mêmes chances, rien ne pourra avancer.

Conclusion

L'hiver est passé. Les visages ont repris des couleurs. Dans le Nord, je retrouve Jo pour la dernière fois à l'hôtel Midland, un bâtiment Art Nouveau aux allures de paquebot peu assorti aux autres édifices du bord de mer. Un bar circulaire intégralement vitré surplombe le terrain du futur Eden Project, l'attraction supposée rendre à la région son attrait touristique passé. « J'aimerais te dire que dans deux ans, si tu reviens ici, le parc sera terminé et qu'il rencontrera un franc succès, dit-elle en poussant vers moi son assiette de frites posée en équilibre précaire sur une pile de dossiers tout en me faisant signe de me servir. Je voudrais pouvoir te garantir que ça apportera des emplois et de l'activité, mais rien n'est certain. »

Même l'arrivée des beaux jours ne la rassure pas. « Quand il fait froid et que Noël approche, les gens font des dons et la presse relaie le message. Puis chacun a l'impression d'avoir fait sa part et la pression se relâche. Pour autant, la crise du coût de la vie n'est pas passée, soupire-t-elle. Ceux qui en ont le plus souffert se retrouvent endettés, et c'est un nouveau problème à régler. Les aides au logement n'ont toujours pas augmenté, et il n'y a pas grand-chose sur le marché de la location. Toutes les associations sont sur les rotules, les bénévoles sont épuisés. »

À l'été, m'explique-t-elle, le problème n'est plus celui des factures de chauffage, mais des uniformes que les parents doivent acheter pour la rentrée, de la garde d'enfants pendant les vacances, et de trouver de quoi remplacer la cantine gratuite chaque midi. Avec déjà, l'angoisse de préparer la saison suivante. « Je ne sais pas ce que l'hiver prochain nous réserve. Mais chaque année depuis 2016, c'est la même rengaine et la même inquiétude : que va-t-il se passer ? Comment va-t-on s'en sortir ? Il n'y a jamais d'espoir à l'horizon. On a l'impression que tout est cassé, et il est difficile de voir par où commencer les réparations. »

Le chantier vient de commencer. J'étais en reportage sur les Rolling Stones dans une banlieue pluvieuse de Londres lorsque le Premier ministre Rishi Sunak a annoncé un point presse surprise dans l'après-midi. Là, sans parapluie sous l'averse, la voix noyée par les haut-parleurs de manifestants qui crachent le tube de l'élection de Blair « Things Can Only Get Better », « les choses ne peuvent que s'améliorer », il annonce des législatives pour juillet 2024, surprenant jusqu'aux membres de son propre parti.

La campagne est courte ; le résultat sans surprise. Les conservateurs jouent la carte de l'incertitude, promettent davantage de policiers et de réguler l'immigration. Le Parti travailliste se contente de surfer sur l'appétit de changement et promet d'annuler l'exonération de TVA pour les écoles privées et de renationaliser les chemins de fer. Comme de coutume, le vote s'est tenu un jeudi, le jour où les Britanniques ne sont « ni au pub ni à l'Église ». Le décompte est affaire nocturne : les bulletins sont transportés dans des boîtes de plastique opaque par des bénévoles qui sprintent pour les déverser sur les tables d'une école, d'un gymnase ou d'une salle communautaire. À 22 heures, j'allume l'ordinateur pour voir les premières estimations : un raz-de-marée pour le Parti travailliste, l'écroulement des conservateurs et jusqu'à treize sièges pour le parti d'extrême-droite Reform, qui en raflera finalement cinq. Les chiffres s'affinent au fil de la nuit. À partir de 3 heures, les personalités majeures de la dernière décennie se font éjecter un à un de leurs sièges. Le gouvernement de Keir Starmer se met immédiatement au travail, convoquant son conseil des ministres dès le samedi, ce qui n'arrive qu'en période de crise, ou de guerre.

Le soir, quand une voisine passe célébrer le changement de gouvernement, nos téléphones sonnent en affichant un push de la BBC. « Oh, ils viennent d'annoncer que le plan d'envoi des demandeurs d'asile au Rwanda est annulé », s'exclame-t-elle, surprise. Depuis que je vis au Royaume-Uni, je crois que c'est la première fois que j'entends quelqu'un se réjouir de l'actualité.

*

Dans notre bar face à la baie, Jo me parle de ses doutes pour les jeunes. Elle observe, perplexe, les hésitations de ses propres enfants qui se lanceront bientôt dans les études secondaires. « C'est dur pour cette génération. Ils se demandent à quoi bon payer des dizaines de milliers de livres pour devenir médecin ou enseignant. Comment peuvent-ils se projeter et penser que ces carrières les rendront heureux, quand ils voient que toutes ces professions sont en grève ? »

Au cours de mes recherches, je suis tombée sur une étude réalisée par Co-op et Barnado's sur les aspirations des jeunes, menée auprès des 10-25 ans. Les résultats indiquaient que la principale ambition de plus de huit jeunes sur dix était « d'avoir assez pour vivre », loin devant « acheter une maison », ou « décrocher le travail de leurs rêves ». Lors de notre entretien, j'en avais touché un mot à la journaliste Mary O'Hara, qui avait enquêté sur les débuts de l'austérité. « Ce n'est pas étonnant, m'avait-elle répondu. Notre culture a intégré ces notions qui affirment qu'il faut "travailler dur pour s'en sortir" et "se serrer la ceinture". Les jeunes ont baigné dans l'idée que les perspectives seraient limitées pour eux et que les choses n'iraient pas mieux. Ils ont complètement accepté la théorie selon laquelle il n'y a pas d'argent et ajustent leurs ambitions en conséquence. » Le constat n'en est pas moins perturbant : à force d'avoir été traités en quantité négligeable, les adolescents britanniques n'ont plus beaucoup d'espoir pour l'avenir. Les aînés de Diana se contenteront d'apprentissages dans des secteurs qui ne les passionnent pas, pour échapper à la dette étudiante qui suivra immanquablement un cursus universitaire. Le fils de Shane rejoindra l'armée. Shona a l'air déçue : sa fille aurait voulu être vétérinaire mais n'a pas osé s'engager dans de grandes études. Elle enchaîne donc les stages dans les salons de coiffure, alors qu'elle déteste toucher les cheveux, et se contente d'y faire le ménage et les cafés. « En tant que parent, évidemment, on aimerait les voir aller un peu plus loin », admet-elle.

Les premiers enfants de l'austérité ont désormais quinze ans. Ils forment probablement la première génération post-guerre à grandir au Royaume-Uni sans croire, ne serait-ce qu'un peu, aux promesses de l'État-Providence. En 1942, le rapport Beveridge avait jeté des bases solides pour la prospérité, et les années suivantes ont ouvert la voie à l'éducation gratuite, à un système de santé accessible à tous, à la construction de logements sociaux et à un certain optimisme. Après une première série d'attaques et de privatisations dans les années 1980, quatorze années d'austérité ont achevé de déconstruire ces acquis. L'État-Providence britannique est en faillite, et les cinq maux auxquels il devait remédier (la pauvreté, l'ignorance, l'insalubrité, le chômage et la maladie) sont de retour.

*

En 2010, les conservateurs reprochaient au Parti travailliste de « ne pas avoir réparé le toit quand le soleil brillait ». Eux ont démonté le plafond, arraché l'isolant et sont repartis avec des tuiles plein les poches. Le Parti conservateur a eu trois mandats pour mener à bien ses deux projets. D'une part, une vaste campagne de réforme des minima sociaux, qui a fait émerger un système rigide et punitif, qui discrimine et sanctionne plus qu'il ne soutient et protège. D'autre part, un programme de coupes budgétaires sévères qui ont fragilisé les services publics à toutes les échelles. Si la nécessité de certaines coupes peut être justifiée, une chose est certaine : combinées aux nouveaux systèmes d'aides, elles ont eu un impact disproportionné sur les minorités, les enfants et les plus vulnérables. Même Iain Duncan Smith, pourtant acteur majeur des politiques d'austérité, estime en 2016 que le gouvernement est allé trop loin et démissionne. Certains observateurs soulignent toutefois qu'il aurait probablement été évincé au remaniement suivant.

Il ne reste qu'un squelette de filet de sécurité qui offre un piètre abri en des temps difficiles. Les conservateurs avaient aussi promis de rétablir l'ordre, grâce à un remède difficile à avaler mais qui soulagerait les afflictions du pays. Ils ont agi en médecins moyenâgeux, convaincus que les saignées sauveront le patient qu'elles sont en train de tuer à petit feu. Les Britanniques y ont gagné la résurgence des maladies victoriennes, la prolifération des banques alimentaires, l'apparition de banques de chaleur et le recul de l'espérance de vie dans les quartiers les plus pauvres. Après une décennie de croissance nulle, tous les indicateurs pointent dans la mauvaise direction. La faible augmentation des salaires signifie que pour une part importante de la population, le niveau de vie n'est jamais revenu au niveau d'avant la crise de 2008. Et depuis la pandémie, le retour à la normale n'a toujours pas eu lieu.

Les conséquences de ces décisions sont répercutées sur la société dans son ensemble. Moins d'argent public, c'est moins de policiers pour répondre aux appels d'urgence et enquêter sur les cambriolages. Moins de personnel en prison pour gérer les situations de crise. Davantage de crimes à l'arme blanche. Moins d'aides à domicile pour les personnes âgées. Moins de stations pour surveiller la qualité de l'air et de l'eau, et moins de clubs de loisir pour les jeunes. Moins d'agents pour contrôler la propreté des cuisines collectives et des restaurants.

Moins de tribunaux, de musées, de bibliothèques, de galeries d'art et de théâtres. Moins d'endroits où se retrouver. Moins de moyens pour les associations de préservation de la biodiversité.

L'éducation ne remplit plus ses promesses, divisée entre les écoles privées où l'on apprend le latin et l'aviron, et celles qui distribuent des petits-déjeuners gratuits aux élèves, quand ces derniers ne se retrouvent pas exclus du système – Diana a depuis scolarisé une autre de ses filles à la maison. La crise du logement s'est installée et, si le taux de chômage semble bas par rapport aux pays voisins, c'est que les chiffres de l'emploi sont gonflés par les contrats précaires et mal payés, sans garantie de minimum d'heures ou de revenu. Quant au NHS, on ne prononce plus son nom sans l'accompagner de données inquiétantes ou de faits divers tragiques.

L'austérité a échoué. Elle n'a jamais été un projet économique. Lorsque George Osborne quittait le gouvernement en 2017, le déficit qu'il avait juré de réduire n'avait jamais été aussi élevé. À Londres, affirme l'Institute for Fiscal Studies, pour chaque million de livres économisé par la fermeture des centres dédiés à la jeunesse entre 2010 et 2019, trois millions ont été perdus en raison de moins bonnes performances académiques et de l'augmentation de la criminalité. Et au moment où les élections sont annoncées, en 2024, le niveau d'imposition atteint des sommets inégalés depuis la Seconde Guerre mondiale. La prétendue « ère de la responsabilité » se révèle donc pour ce qu'elle est : la croisade morale d'une élite nostalgique ayant grandi hors sol, contre le reste de la société. L'expérience n'a pas seulement été contre-productive, son coût humain a été exceptionnel.

*

En 2016, le Brexit est venu s'ajouter à la liste des répercussions de l'austérité. Une nouvelle couche de difficultés évitables a compliqué le quotidien des Britanniques, une blessure auto-infligée dont les effets continueront de se faire sentir, par secousses, au cours des prochaines années. Un moment populiste dont les leçons n'ont pas été tirées : derrière l'élection de Keir Starmer, il y a l'extrême-droite populiste, arrivée deuxième dans 98 des 650 circonscriptions du pays, souvent sans avoir vraiment fait campagne. L'arrivée au Parlement de cinq de ses députés, quand le système électoral favorise les grands partis, est une nouvelle preuve que l'attitude qui a mené au vote pour le Brexit, un mélange de ras-le-bol, d'insularité et de recherche d'un bouc émissaire, est toujours présente. Ce constat est prolongé dans l'été, lorsqu'un attentat au couteau visant un groupe d'enfants a été le catalyseur d'une série d'émeutes raciales.

Le Parti conservateur a souhaité éviter la remise en question. La course à la succession a vu Kemi Badenoch prendre la tête des Tories. À la droite du parti, celle-ci continue de prôner la responsabilité personnelle et va jusqu'à mettre en cause les allocations congé maternité. Pour expliquer leur échec, ses prédécesseurs assurent que l'austérité n'est simplement pas allée assez loin, qu'il aurait fallu couper plus pour mener le projet à terme et voir des résultats. Pour Jo, qui ne s'étonne ni des émeutes ni de cette absence de remise en question, c'est la conception même du pays qui est à revoir.

« Tant qu'on verra le Royaume-Uni comme un jeu à somme nulle, dans lequel il n'y a pas assez pour tout le monde et où il faut prendre sa part au détriment des autres, rien ne changera. »

*

Au fil de ma quête pour comprendre l'origine de la crise du Royaume-Uni, trois choses m'ont surprise. D'abord, la fluidité avec laquelle les individus passent du statut d'aidant à celui d'aidé et se retrouvent du jour au lendemain usagers de la banque alimentaire à laquelle ils ont donné des denrées pendant des années. Ces trajectoires illustrent la fragilité des stratégies individuelles mises en place pour survivre : un pic d'inflation, une dépense inattendue ou un accident de la vie, et c'est tout l'échafaudage qui s'écroule. Jane ou Shane ont vu se concrétiser ce sentiment généralisé selon lequel « personne n'est à l'abri ».

J'ai également été étonnée de la ferveur avec laquelle ceux exclus de l'emploi traditionnel souhaitaient y participer et de la diversité des moyens mis en œuvre pour y arriver. Combien de personnes en situation de handicap faisaient de discrètes heures de bénévolat pour « rendre » ce qu'on leur donnait, se sentir utile et aider à leur tour ceux qui en ont besoin. Comme Diana, qui fait la comptabilité de plusieurs associations, ou Shona, essentielle au fonctionnement du centre social de son quartier. De toutes mes visites de banques alimentaires, je n'ai d'ailleurs rencontré qu'une seule personne satisfaite de sa situation et qui, plutôt que de travailler, préférait recevoir des aides. C'était à Londres, et cet homme d'une cinquantaine d'années m'avait affirmé que passer à la banque alimentaire « était plutôt pratique » pour lui et ses colocataires, et qu'il n'en avait pas honte. Notre échange terminé, il est pourtant sorti de la pièce capuche sur la tête, après avoir dissimulé le sac assez reconnaissable dans son propre cabas.

Face à la bonne volonté et à ce souci apparent de réciprocité, le contraste entre les bénéficiaires de l'aide sociale que j'ai rencontrés et leur représentation politique et médiatique n'en est que plus frappant. C'est peut-être là ce qui m'a le plus choquée : le mépris manifeste du discours et des décisions politiques à l'égard de ceux qui « n'ont pas ». La prégnance de ces mythes (l'ingrat, le profiteur, le fainéant, le pauvre fécond aux crochets de l'État) est si ancrée, depuis si longtemps, qu'ils servent de base à des réformes cruelles et inadaptées qui punissent sans tenter d'évaluer la réalité. Ce discours est repris et prolongé par la presse à scandale, qui occupe les premières places des classements des journaux les plus lus.

Une décision reflète cette attitude condescendante. En mars 2020, lorsque la pandémie de Covid arrive au Royaume-Uni et que Boris Johnson déclenche le premier confinement, un supplément de 20 livres par semaine est accordé à tous les bénéficiaires du crédit universel. Grâce à cette somme, plus de 400 000 enfants sortent de la pauvreté. Prolongé à une reprise, le programme prend pourtant fin au bout de dix-huit mois. Pour Philip Alston, le rapporteur de l'ONU venu enquêter sur la pauvreté au Royaume-Uni en 2018, c'est bien la preuve que le maintien dans la pauvreté est idéologique : les aides n'ont été assouplies et augmentées que lorsque la classe moyenne s'est à son tour retrouvée précipitée dans la précarité, dépendante des allocations. « Ce que montre cet épisode, c'est que les ministres étaient bien conscients de l'inhumanité du système. Il était clairement impossible de soumettre les bons et honnêtes travailleurs de la classe moyenne au même traitement. » Le gouvernement sait qu'il est impossible de vivre avec 85 livres par semaine, que le système est insupportable et qu'il maintient les individus perçus comme moins méritants dans la précarité. Et c'est justement là son intention.

L'épisode des 20 livres apporte toutefois matière à se réjouir : il montre que lorsque la volonté politique est là, les choses peuvent changer – et vite. Pendant la pandémie, les chiffres de la pauvreté ont reculé au Royaume-Uni, sous l'effet conjugué de l'augmentation des aides et d'un système de chômage partiel. Le progrès n'est donc pas hors de portée. Des solutions existent. En assouplissant le système, en remplaçant les sanctions automatiques par de la flexibilité, en annulant le délai de cinq semaines avant la réception des aides, ou simplement en distribuant des sommes adéquates qui permettent de s'offrir les biens et services de première nécessité (nourriture, lumière, hygiène, chauffage, vêtements), il est possible de repartir sur de meilleures bases.

L'Écosse a compris que le choix et la dignité étaient essentiels et a déployé plusieurs solutions innovantes : la gratuité des protections hygiéniques, des « baby box » pour les jeunes parents... Mais, plus que l'aide en nature, elle a lancé un programme « Cash First » à 1,6 milliard de livres pour réduire le nombre de banques alimentaires en distribuant des chèques plutôt que des conserves. Shona a déjà vu les effets positifs de mesures similaires qui tentent de gommer la honte. Dans sa supérette communautaire, elle m'avait montré l'étagère dédiée aux produits pour bébés, étonnamment remplie. « Avant, le gouvernement distribuait des coupons. Depuis qu'ils donnent des cartes de crédit, on a moins de demandes – c'est bien plus discret et les gens sont moins gênés de les utiliser dans les commerces traditionnels. »

David Walsh, le chercheur en santé publique qui alertait sur le ralentissement de l'espérance de vie, soulignait pour sa part les progrès faits par Glasgow jusqu'en 2011, en raison de multiples mesures d'aides à l'enfance et de sensibilisation aux addictions. « On observait une réduction du taux de mortalité en général, mais plus rapide chez les populations défavorisées. Autrement dit une réduction des inégalités. Pour une ville comme Glasgow connue pour ses indicateurs de mauvaise santé, c'était une success story ! » Dans le rapport *Histoire, politiques et vulnérabilité : expliquer la mortalité excessive*, qu'il signait en 2016 avec ses collègues en santé publique, les recommandations formulées à l'égard de l'exécutif écossais sont d'ailleurs claires : utiliser les pouvoirs du Parlement de dévolution pour « atténuer les effets de fragilités futures liées aux politiques actuelles du gouvernement britannique ». Autrement dit, faire barrage à l'échelle de la nation, et légiférer dans le sens inverse de Westminster pour protéger les Écossais.

Si la pauvreté est un choix politique, la prospérité peut l'être à son tour.

*

La situation du Royaume-Uni reste préoccupante. L'arrivée du Parti travailliste au pouvoir est douce-amère. C'est sous Tony Blair que les partenariats public-privé se sont généralisés dans le secteur de la santé et que la méfiance envers les récipiendaires de l'aide sociale s'est installée. Le parti voit le Brexit et l'austérité comme des événements sur lesquels il ne sera pas possible de revenir et peine à rassurer sur l'avenir. Keir Starmer, qui promet de replacer les travailleurs au cœur de son projet et de rétablir la confiance, refuse pourtant de lever le plafonnement des aides familiales à partir du deuxième enfant. Les députés qui s'en sont insurgé, parmi lesquels Ian Byrne (celui qui était tombé par hasard sur une banque alimentaire dans sa circonscription de Liverpool), ont immédiatement été suspendus pour six mois. On entend que les choses « vont empirer avant de s'améliorer », que le premier budget sera « difficile ». Une des premières mesures de Rachel Reeves, la chancelière de l'Échiquier, est de limiter certaines aides au chauffage pour les retraités.

Dans les villes travaillistes menacées de faillite, la tension monte entre les élus municipaux, forcés de voter pour les coupes budgétaires, et les résidents qui espéraient un geste en leur faveur et s'insurgent de cette nouvelle vague d'« austérité rouge ». À Nottingham, un groupe de militantes qui se battent contre la fermeture de quatre bibliothèques m'expliquent qu'avec la disparition des autres centres sociaux, c'est là que se tiennent les groupes mère-enfant, l'aide à la recherche d'emploi, les clubs de soutien scolaire, ou le relais avec les associations du coin. « C'est tout ce qu'il nous reste. » La ville de Robin des Bois se retrouve à vendre ses bâtiments pour combler le trou de son budget. Le miroir d'eau de la place centrale, qui est à sec faute de réparations, est devenu un triste perchoir urbain à pigeons. On voit de plus en plus de personnes ramassées en boule sous leur duvet au creux d'un porche ou dans l'entrée des supermarchés. Malgré l'urgence, Starmer réclame dix ans pour résoudre les problèmes.

Il faudra certes du temps, mais il n'y aura pas de changement sans combattre d'abord les mythes qui entourent la pauvreté. Et en particulier la distinction artificielle entre « profiteur » et « travailleur honnête », tout aussi prégnante de notre côté de la Manche. Tant qu'il sera acceptable de dire qu'il suffit de « traverser la rue » pour trouver du travail, que « les pauvres prendront le bus », ou d'inviter « la France qui se lève tôt » à travailler plus pour gagner plus, il sera possible de revenir sur les acquis sociaux et de rendre les aides sociales toujours plus conditionnelles, de serrer les budgets et de continuer à prétendre que l'économie d'un pays se gère de la même manière que celle d'un foyer.

Démonter ces mythes, c'est aussi accepter la complexité des vies humaines et la probabilité que chacun d'entre nous puisse se retrouver dépendant de l'État en raison de son âge, de sa santé, ou d'un licenciement. C'est réduire la distance qui sépare les dirigeants des citoyens et réinstaurer de l'empathie entre les deux, afin d'éviter que le fardeau de futures coupes ne soit porté que par une fraction de la population – celle qui vote et manifeste moins. C'est enfin laisser aux premiers concernés la place de s'exprimer, accepter que ceux qui vivent la pauvreté en parleront toujours mieux et ne plus leur conseiller de « manger des pâtes » ou de « se retrousser les manches ».

La trajectoire du Royaume-Uni, un de nos plus proches voisins et meilleur ennemi, nous renvoie un miroir déformant sur les risques qu'il y a à gouverner en se basant sur l'idéologie. Il interroge nos propres tentations : faire payer la santé et les étudiants étrangers, privatiser peu à peu les services publics, fournir les petits-déjeuners à l'école, promouvoir des contrats de travail toujours plus flexibles, rendre le RSA conditionnel à un nombre d'heures travaillées et limiter les allocations chômage, réforme après réforme…

Les Britanniques se pensaient insubmersibles. La crise actuelle n'en est que plus brutale pour eux et secoue jusqu'aux fondements de leur identité. On devine les conséquences futures de ces choix politiques mal informés, qui continueront à structurer la société pour les années à venir – et le temps que la crise mettra à se résorber.

Cet ouvrage a été composé
par PCA
et achevé d'imprimer en février 2025
par CPI BUSSIÈRE (18200 Saint-Amand-Montrond)
pour le compte des Éditions Stock
21, rue du Montparnasse, 75006 Paris
stock@editions-stock.fr

PAPIER CERTIFIÉ

Stock s'engage pour l'environnement en réduisant l'empreinte carbone de ses livres. Celle de cet exemplaire est de :
450 g éq. CO_2
Rendez-vous sur www.editions-stock-durable.fr

Imprimé en France

Dépôt légal : mars 2025
N° d'édition : 01 - N° d'impression : 2083414
34-07-8187/5